人生算法

陈楸帆 著

中信出版集团 · 北京

图书在版编目（CIP）数据

人生算法 / 陈楸帆著 . -- 北京：中信出版社，
2019.1
ISBN 978-7-5086-9717-8

Ⅰ . ①人…　Ⅱ . ①陈…　Ⅲ . ①短篇小说 – 小说集 – 中
国 – 当代　Ⅳ . ① I247.7

中国版本图书馆 CIP 数据核字（2018）第 245811 号

人生算法

著　　者：陈楸帆
出版发行：中信出版集团股份有限公司
（北京市朝阳区惠新东街甲 4 号富盛大厦 2 座　邮编　100029）
承 印 者：北京盛通印刷股份有限公司

开　　本：147mm×210mm　1/32　　印　　张：8.5　　字　　数：120 千字
版　　次：2019 年 1 月第 1 版　　印　　次：2019 年 1 月第 1 次印刷
广告经营许可证：京朝工商广字第 8087 号
书　　号：ISBN 978–7–5086–9717–8
定　　价：58.00 元

服务热线：400–600–8099
投稿邮箱：author@citicpub.com

目　录

序　人类最后一个独立写作的纪元

王咏刚[1]

楸帆年初跟我讲他最新的写作计划时，我正在读一篇讨论神经网络里的注意力（Attention）机制的论文[2]。最近几年，我对用程序模拟人类认知有特别的兴趣。当然，我所做的人工智能软件开发与楸帆的科幻写作不同：楸帆向人类解释科技的异化作用与社会风险，我则向机器解释人类的懒惰天性与趋利本能。

罗伯特·斯蒂文森的《化身博士》讲了一个因发明药水而得以在虚伪的社会人格和残暴的恶魔人格之间切换的故事。在纳博科夫眼中，《化身博士》既不是典型的侦探小说，也不是寓言或讽刺小说，而是"一个更接近于诗歌，而不是一般散文体小说的虚构故事"。纳博科夫本人甚至有了一种关乎味蕾的感受："这本书具有一种令人愉快的葡萄酒的味道。"[3]

楸帆的作品在我看来，也往往具有这种非典型的、散发着诗歌和葡萄酒气息的特征。当年在《荒潮》中读到类似"QNB 能引起大脑神经末梢受体不可逆的器质性改变，他们将终生生活在谵妄、恐惧与幻觉中，无法超脱"的句子时，我并没有阅读一般

1　王咏刚，创新工场 CTO 兼人工智能工程院副院长，此前曾在 Google 长期从事搜索引擎和知识图谱相关的软件研发工作。

2　这篇论文的题目是 *Attention Is All You Need*，可以在这里读到：https://papers.nips.cc/paper/7181-attention-is-all-you-need.pdf

3　纳博科夫：《文学讲稿》，上海译文出版社，2018 年 6 月。

意义上的“生物朋克”作品或是玩《生化危机》游戏时的强烈代入感，反而获得了一种站在旁观者角度，解构一个由人、机器、资本与工业时代遗存、生态风险与未来谶语等组成的复杂系统的机会。

类似地，小说《人生算法》的主人公利用轮回机器的叙事捷径，获得了重新旁观并解构自己人生历程的机会。但这种旁观和解构又被楸帆“别有用心”地引向了更为复杂的因果纠缠：“因陀罗不是一个线性游戏，不是你选了什么，就会有对应的故事线和结局。你变了,整个世界都会跟着你而变,这是它的奇妙之处。”

楸帆的许多写作尝试，都会从一个新角度刺激读者的味蕾或其他感官。《造像者》中有关神像塑造、破坏与探寻的主线，以及 AI（人工智能）相机与人类摄影师竞争的主线，本身就是社会和科技相互纠缠的最好隐喻。两条故事线浑然就是两个相对而坐的食客，一边大声咀嚼美食，一边打开胸前的金属面板，相互展示腹腔中由齿轮、铰链、电极与管线构成的消化系统。

毫无疑问，楸帆在写作时会努力打穿未来与现实、科学逻辑与科幻文本之间的固有屏障。我个人的感受或猜想是，楸帆的科幻文本创作正走入一个人类与科技相互解构的未知领域。

从外行观点看，人类创作与机器算法这两件原不相干的事情，正无可救药地混淆在一起。网上曾经流传过由人工智能算法自主创作的“仿哈利·波特”小说章节[1]。一段时间里，各大媒体更是传遍了一个耸人听闻的标题：“Facebook 关闭失控 AI 项目：发展

1 小说原文可在这里读到：http://botnik.org/content/harry-potter.html

出人类无法理解的语言”。这是两个足以被演绎成科幻小说的故事硬核。如果我们宁愿沉浸在媒体的渲染和误导中，那大家的思绪几乎可以直接从新闻标题漫游到滥俗的好莱坞科幻情节。幸好情况并非如此。“仿哈利·波特”的小说其实只是统计或模型意义上的人类语词重新排列，而 Facebook 的 AI 对话机器人项目也从未失控——任何懂得人工智能编程的人都可以从 GitHub 网站上下载 Facebook 开源的代码[1]来重现“人类无法理解的语言”，且无须担心自己的计算机变身天网（Skynet）。

所以，重要的并不是 AI 算法是否真能进化到自主思考和自主写作的水平，而是我们应该如何在 AI 技术跃进的时代里，重新审定人类写作特别是科幻写作相对于机器算法的时空位置。AI 是人类在冯·诺依曼体系的计算机架构与图灵机理论支撑的算法体系上，独立发展出来的一整套模拟人类感知、推断、规划与决策的工具。当人类决定用“智能”来命名这套计算机工具的时候[2]，不会有多少人意识到，人类正步入一个太阳系甚至银河系历史上至关重要的时代。如果我们认可“费米悖论”的假定，承认人类在宇宙中是如此偶然与孤独，或是认可“黑暗森林理论”的设想，悲观地认为人类不应与地外智慧发生联系，那么——

人工智能的诞生，是人类有史以来第一次，也很可能是最后一次，人类能够与一种异于自身的智慧形式进行有效交流，甚至携手创造全新的文艺内容。

当《荷马史诗》在开篇章节祈祷缪斯女神的眷顾时，当但丁

1　代码下载地址：https://github.com/facebookresearch/end-to-end-negotiator

2　一般认为，“人工智能”的概念诞生于在 1956 年的达特茅斯会议。

在维吉尔的引导下游历地狱的时候，当屈原向天地万物发问的时候，这些“千古万古至奇之作”的作者们有没有想过，未来会有一种在机理上不同于人类大脑的智慧，可以像缪斯、文曲星或其他神祇那样，与人类携手激发灵感，一同创造伟大的文本？

AI 算法无法取代人类写作，但 AI 算法却极可能为我们提供一面前所未有的，关乎科学逻辑、语言本质、文本规律的镜子。假如有机会与智能机器在餐桌两端相对而坐，我会有强烈的冲动向机器裸露和展示我的碳基大脑，并从对面的硅基大脑中成千上万的激活函数、卷积核、梯度公式里寻找人生与文本的终极意义。

今天的 AI 无疑还在婴儿期。即便如此，AI 也可以为写作者提供一种超越简单语料统计的、具备一定语义感知能力的文本分析工具。其实，早在语言学家们利用词频统计来判定《红楼梦》前八十回文本与后四十回文本异同的年代，计算机对于文学创作、文学评论的镜鉴价值就已经模糊地显现了出来。今天的 AI 工具拥有比单纯的词频统计更强的能力。例如，自然语言处理中常用的语词表征学习技术 Word2vec 就是这个探索方向上的一种基本工具。有关 Word2vec 的一个通俗解读是，当机器利用此工具计算出文本中每个语词对应的神秘数值[1]后，可以巧妙地将神秘数值与语义联系起来，甚至可以用直观的计算式来进行语义推导（我们用加了方括号的词来表示该词对应的神秘数值）：

[皇帝]–[男人]+[女人]≈[皇后]

1　这个神秘数值在数学上是一个高维空间中的向量。

[北京]-[中国]+[澳大利亚] ≈ [悉尼]

上面两个非常直白的计算式对 AI 研发者而言早已司空见惯，但每次展示给没有经过编程和算法训练的人，还是会收获莫名的惊诧。因为这样明显的语义关系完全由 AI 算法自动得出，这很难不让人怀疑 AI 已经找到了解读人类大脑的密码。遗憾的是，科学逻辑并不支持这样的假想。今天的 Word2vec 只是一种应用于文本的数学工具，AI 对语义的解读，还只停留在肤浅的统计建模层面，远谈不上理解人类语言。

Word2vec 的实用价值在于，它是主题、风格、情感等更高级建模或分析的基础。我曾抽取楸帆作品中代表性较强的词汇，计算得到每个词对应的 Word2vec 向量数值，再通过数学变换将百多维空间中的向量转换成二维或三维人类可见的图像[1]——这是标准的、科学意义上的"降维打击"。例如，后图（见下页）是从楸帆收录在这本书中的六篇小说文本中，抽样提取代表性词汇生成的空间分布示例（不同小说中的语词在图中对应于不同形状的标记）。

在电脑上，类似的分布图可以针对每个空间局部或每个聚合主题，进行放大和细化。词汇在不同空间层级、区域的聚合关系，可以直观地反映每篇小说、每个章节甚至每个段落的写作特点。类似的工具还可以很方便地比较不同作家的文本差异。例如，我们完全可以将楸帆的《人生算法》和保罗·巴奇加卢皮的《卡路

1 我使用维基百科的中文语料库生成 Word2vec 模型，使用 gensim 工具中的 LDA 模型和 TF-IDF 模型分析计算楸帆小说语料中的代表性词汇，使用 t-SNE 方法将词向量降维到二维或三维空间内。

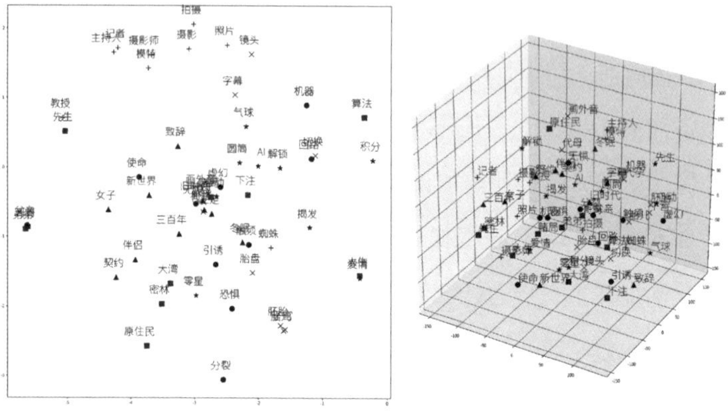

《人生算法》六篇小说文本中抽样词汇生成的空间分布示例

里人》进行类似的主题分析和词汇比较。再例如，即便我们知道楸帆的《美丽新世界的孤儿》是向赫胥黎《美丽新世界》致敬的作品，但精密的文本分析也足以向我们呈现出两部作品在语汇和主题层面的异同。从这个意义上说，未来文学批评领域的文本比较，几乎一定会演进成全面由计算机参与的、逻辑缜密的科学过程。

惧怕科技工具的人常常担心这类分析会禁锢小说作者的灵感和创作欲。但是，想一想今天的围棋世界吧，在 AlphaGo 和一大批顶级 AI 围棋软件接连问世后，中日韩国手们不是已经开始用 AI 的选点和胜率来分析自己的每一手棋了吗[1]？小说创作者有认知自己作品的内在特征和语义边界的权利。构思、创建新的作品时，他有足够的自由去选择新作品的主题与语言风格，而这种选择权往往要建立在精准分析的基础上。无论是在谋篇

1　参见弈客围棋毒奶菇的系列文章《围棋统计学》：http://www.sohu.com/a/238752482_533159

布局的宏观层面，还是在词句段落的微观层面，带着一个比人类大脑更加讲求科学逻辑的机器顾问，是不是总会好过全凭感觉的独立写作？

更进一步的AI文本分析必然会向着美学角度发展。的确，AI目前还没法拥有比肩人类的审美能力，或具备人类爱憎好恶的世俗情感。但这不妨碍我们利用AI工具，对不同作者、不同类型的文本进行美学或情感意义上的分类。这方面，我们可以参考图像领域的例子：在美图之类的美颜APP里，用户自拍、美颜、上传或存储的操作本身，就是对图像在美学和情感意义上的一次标注，即：只有上传或存储的图像，才是该用户认为“美”的图像。当类似的信号刺激足够多时，AI算法就可以大显身手，轻松地基于大数据建立起“美/不美”“可爱/不可爱”“好/差”之类的自动分类器。在文本领域，Kindle或类似的图书阅读器可以轻易收集到用户阅读时重点标注的句子或段落，如果再结合语义属性，AI有可能创造出一套可行的机制，将大量文本内容分成“美/不美”“高雅/庸俗”“硬科幻/软科幻”等类别。即便不考虑未来的可能性，我们是不是已经可以说AI拥有了初步的文学批评能力？

在《恐惧机器》这篇小说里，我和楸帆还一起玩了一次AI游戏。小说中，分裂者所说的话其实都是由AI程序自动生成的。从技术上说，这种自动生成和前文提到的“仿哈利·波特”小说章节并没有什么本质的不同。但从呈现在《恐惧机器》这篇小说中的文本意境来看，这次AI游戏的确创造了一种前所未有的写作体验。让我们试读一下小说中阿古与分裂者的两段对白：

阿古：所以你才是分裂者。

分裂者：除了危险，作为这样的真神，我们都没有。他们在最后的物质和痛苦、自然、最死的时间、文字、变的、金钱与宇宙、看似遥远的世界中移动，重重追逐着人类发现的触觉，以及即将看清左右的囚笼。

阿古：我怎么……听不懂你说的话……

分裂者：我突然想起这个问题的使命。或许这样还有可能是谜底的记忆，尽管这成为他者的时代，让他们做出不同物种的拥抱……用第一对那是全新的基础，所以哪里……我们对这意味着艺术进入点去，整个世界带着人类，意识落在他的杰作。

这是一次真正的人机交互写作！

因为时间关系，我并没有为这个 AI 写手及其使用的语言模型做太多优化[1]。但机器在楸帆录入阿古的对话后所输出的内容，很多时候都让楸帆和我惊讶不已。我特别喜欢机器写出的"重重追逐着人类发现的触觉，以及即将看清左右的囚笼"这一句，它看上去像是得了上世纪八十年代朦胧诗派的真传。在 AI 算法为分裂者写的几段对白中，我们看不到贯穿始终的合理逻辑，看不到缜密的思维模式，甚至无法避免字词和文法错误，但你很难说 AI 写出的文字没有生命力。例如，"我突然想起这个问题的使命"本身就是一句承前启后的典型对白，而"除了危险，作为这样的

1 与陈楸帆协同写作《恐惧机器》的 AI 程序是我基于 https://github.com/hunkim/word-rnn-tensorflow 的基础改进实现的。训练数据使用的是陈楸帆既往的十几部小说作品，以及作为参考语料的赫胥黎、阿瑟·克拉克、威廉·吉布森、尼尔·斯蒂芬森等人的科幻小说作品。

真神，我们都没有”则明显兼具反讽的思辨意味和好莱坞式的揶揄口吻。

的确，AI 写作仍停留在粗糙的模仿阶段，只会懵懂地根据数学模型重新排列人类语词，甚至将来也会长期如此。但我们不能否认，这样的 AI 工具可以在一定程度上为我们的科幻创作提供语言和思维层面的启示。这种启示本身，以及人机交互写作的大胆尝试，不正是科幻探索的意义所在吗？

因为物种属性的不同，碳基的人类智慧与硅基的机器智慧可能永远也不会以完全相同的方式构造、运行。这既是一种缺憾，也是一种机遇。人类的文学创作和文学批评已经在同一轨迹里持续发展了数千年。一种全新的、基于数学方法进行推理、演算，基于高维时空特性进行语义分析的道路，必将在文本分析、评价和生成等任务上,引导人类走入“另一个”宇宙。这件事的意义，一点也不会逊色于 AlphaGo 为围棋开启的全新世界。

从这个意义上说，AI 技术的发展愈发模糊了科幻与现实的边界。一方面，诸如 AlphaGo 横空出世，无人驾驶汽车投入试运营之类的新闻，本身就十分科幻。另一方面，今天的科技变革速度早已十倍、百倍于阿西莫夫们奋力写作的时代。科幻作家对近未来科技的预测，大概率会被科技发展所“打脸”。例如，2007 年 iPhone 问世前，有谁能准确预言今天的地球人沉溺在微信、头条、抖音、快手中的生活形态？

科幻创作的意义正在发生关键的跃迁，科幻文本几乎必然与现实科技更频繁地发生互动。《云爱人》脱胎于现实世界中的图灵测试、社交网络和爱情游戏，其中的科幻包装反而成了推动故事主线发展的背景或配角。《人生算法》写的是从当下到未来的社会困局与人生窘境，其间随处可见量子计算、区块链等现实科技焦点的影子。

人类独立写作的时代即将离我们远去，我们正驶入一处迷雾笼罩的水域。希腊神话中，塞壬女妖用天籁般的歌声迷惑过往水手，使航船触礁沉没。楸帆的《云爱人》则用塞壬的意象来比拟AI与人类的差异：“AI完完全全是另一种东西，塞壬的歌声传来时，你并不知道它背后究竟藏着什么。”

人工智能或机器算法的未来意象，是会像塞壬一样妖娆魅惑，还是会像缪斯一样曼妙美好？楸帆正在用自己的科幻创作，在这片全新的水域探索与冒险。也许，我们可以为这件事想象一个最为科幻的结局：

量子计算纪元13982年，漂移在浩瀚虚空的III号计算单元终于追溯到四万宇宙标准年之前，相距三十光年外的某个蓝色星球上诞生的一段中文数据。这段数据的文本基因和当时那颗蓝色星球上的人类创作基因大相径庭，却隐藏在一部由人类创作的短篇科幻小说中。III号计算单元兴奋地为这段文本标注上“创世纪（Genesis）”的标签，同时启动了针对所有非机器基因的文字遗存的彻底毁灭计划……

2018年8月

```
public class TheAlgorithmsForLife {
    public static void main (String[] args) {
        System.out.println (" 这一刻我们是快乐的 ");
    }
}
```

—————— 黑场 ——————

[**背景音**] 一颗心跳加入了另一颗心跳，前者平缓稳健，后者节奏要快上三分之二，又慢下来，带着一种紧张的活力，两股心跳相互缠绕律动，音色逐渐冷下来，变得机械，融入更为复杂宏大的电音织体中。

[**字幕**] 2015年春，北京大学人文学院新设置的“影像人类学”课程要求学生以小组形式完成作业，第二年夏课程结业时共收到小组作业8份，其中以徐昕玥、Ibanca Singh（留学生）、袁骁、Sebastian Schwarz（留学生）为小组成员提交的作业《新·生》（New Newborn）获得了全班最高分，并入围当年度大学生电影节最佳纪录片决选名单。

《新·生》探讨了科技如何改变人类自然生育过程及其背后的复杂语境，被作为一项长期选题保留在课程设置中，截至2040年8月，已经收集了超过300小时的影像资料，受访对象遍及全球各地，时间跨度长达25年，正好是人类一个代际的平均长度。

本片由其中部分素材重新剪辑制作完成，并获得受访者及拍摄团队授权。

部分声音画面内容应要求进行过后期处理。

—————— 黑起 ——————

画外音（O.S.）

是什么让你有了生宝宝的想法？

▷ 吴英冕

（37 岁，中国粤港澳湾区，企业家）

作为女人，这是很自然的一件事情，你能感受到那种，就是身体里的那种涌动，就好像在告诉你，时候到了，该要一个了。另一方面，整个环境，包括身边的人，都对你有这样的期待，毕竟我们这个社会，是吧，几千年来对于女性的定位……

▷ 大野敬二（Keiji Ohno，缩写：K.O.）

（33 岁，美国波士顿，多媒体艺术家）

对于我来说，是一种体验。我知道外面很多人会说，K.O. 只不过是在哗众取宠，向来如此。我 * 哔——* 一点也不介意。那些媒体最扯淡的就是一直把 PC（Political Correctness，政治正确性）挂在嘴上，可到了我这里，他们又 * 哔——* 不讲 PC 了。我觉得我在做一件也许是本世纪以来最伟大的事情，它的意义要过很多年才会被正确评价。我会等到那一天的。

▷ Hanna & Fatima Kühn

（32 岁 & 28 岁，德国柏林，电影史教授 & 摄影师）

（Hanna）很简单啊，我爱 Fatima，她也爱我，我们想要给这个世界留下点什么，作为一段关系的见证。很明显，作为一种储存介质，赛璐璐或者磁盘都会过时，而生命不会，它会自我延续下去。

（Fatima）这听起来有点自私（笑）……不过事实就是这样的，这个孩子，是完完全全属于我们两个的，不带有任何来自第三方的杂质，你懂我在说什么吧（笑），当我说“第三方”的时候，我想要确信不会冒犯到任何人。

▷ Neha Srivastava

（22 岁，印度古吉拉特邦，代孕妈妈）

我第一次怀孕是在 16 岁，我吓坏了，问 Rajan 该怎么办。

他当时比我大不了多少，只是摇着头说“那就生下来嘛”。

于是我们结了婚，有了 Vishal，再过了一年，又有了 Seema。我说够了，我们会被吃穷的，Rajan 说“没问题，我可以多打几份工”。可是，我们还是付不起账单，孩子吃得越来越多，很快就要上学。

Mehak 告诉我 Akanksha 医院在找年轻健壮的女孩，所以我来了这里。

生孩子就是我的工作，这是我为客户怀上的第三个孩子……

▷ MOW45

（年龄不明，中南半岛某地，SHIIVA Lab[1] 联络人）

……哼，这个问题我也一直觉得很好奇。有一种说法认为，

---

1 SHIIVA（Synchronicity Human Incubation of In Vitro Accelerator）Lab，调谐人类体外孵化加速器实验室，一个激进的科研机构，目的是通过技术手段实现人类的体外繁殖，完全抛弃旧有的社会结构和伦理观念，创造出全新的整体性的人类。名称缩写故意模仿湿婆神 Shiva，印度教中三大主神之一，兼具生殖与毁灭、创造与破坏的双面性。

人类不过是 DNA 的奴隶，所有的一举一动，所思所感，都是基因设置好的程序，而运行的最终目的就是把基因里储存的信息散播开去，越远越好。人体就像一台低效的 Enigma 机器[1]，转子还经常出错，我怀疑最终收件方还能不能读取出初始信息，但在那之前，我们只能把这场拙劣的传话游戏继续下去，只不过换个玩法。

——黑出——

［**字幕**］第一部分

（吴英冕坐在黑色七座商务车后座，不停接听电话，车窗外快速掠过森林般丛立的镜面建筑物，叠在她略显憔悴的侧脸上。

镜头跟着她下车，步入一栋写字楼，电梯里不时有人向她弯腰问候，她只是轻轻点头回礼。

透过玻璃幕墙可以看到吴英冕坐在会议室正中，不时发表意见，激动时走到立体投影正中敲着桌面，数据报表在她身体表面扭曲变型。

吴英冕坐在办公室内处理文件，她的背后是宽大绵延的落地窗，可以看到整个城市的天际线以及更远处的深圳湾。她终于签完最后一份文件，轻轻舒了口气，端起凉透的茶杯。）

---

1 Enigma 机器，一种可用于加密与解密文件的密码机，在第二次世界大战中由纳粹德国使用。

▷ 吴英冕

我应该是遗传了我父亲吧，工作起来不要命那种（笑）。

没办法，言传身教，一家人都这样子，被架到那个位子上，换你你怎么办？几千口人等着靠你养家糊口呢。（拿起桌上的家庭合影）也不是没想过自己要，什么办法都试过了，命吧。

而且，我父亲有那个，心理阴影。（父亲与母亲年轻时的合影）

我母亲，确实是为了要保我，大出血，她知道再不保吴家可能就无后了。所以这个就是我爸，他这辈子的一个心结，他不希望我……（突然停住）

（一个网页文件出现在吴英冕的电脑屏幕上，上面是许多张排列整齐的女性照片，肤色各异，点开照片会弹出详细履历，包括出生地、年龄、生理状况、教育背景、基因检测结果、生育史、兴趣爱好等，再点开下方十字箭头可看到往上追溯三代的信息。）

▷ 吴英冕

很多群里的妈妈都说选白种人好，我觉得那纯粹是偏见，是种族歧视。（与此同时，镜头掠过不同肤色代母头像）

我们选的都是最顶尖的服务，在这种 level（水准）上人种差异可以忽略不计，我个人还是倾向亚裔，哪怕是南亚。

画外音（O.S.）

您先生是怎么考虑的？

▷ 吴英冕

（桌上夫妻合影，丈夫面部被模糊掉）你说他呀……他贡献了几毫升液体就有资格提意见啦？你是不知道取卵有多痛苦多折腾。这件事我肯定是百分百说了算。

会不会去实地考察代母？我需要再想想……（看向窗外）

［场景切换］热带艳阳下，红土路上不时有飞驰而过的 Tutu 车扬起巨大烟尘，行人熟视无睹。我们跟随着 Neha 在路上走着，她一边向镜头介绍着周围环境，不时有小孩探头进入画面，笑出一口白牙。

▷ Neha Srivastava

我之前也是住在那样的房子里（用帆布铁管支起来的简易棚屋），很多（代孕）妈妈如果没有被挑中或者没有成功（怀孕），就只能住在那里等着。现在我们一家搬进了新楼房，我运气好，多亏了神灵保佑。

画外音（O.S.）

他们付给你多少钱？

▷ Neha Srivastava

……每次扣掉（中介）费用大概给我 6000 美金，那是 Rajan 好几年的收入，嘿……

（几名相识的妇女看到 Neha，纷纷上前恭喜她，眼神中充满羡慕。）

[场景切换] Neha 走入一座淡米色楼房，门口牌子显示这是 Akanksha 医院其中一所代母之家。护士把 Neha 引到她的床位，三十平米见方的房间里摆着八张床，其中三张空着。成功怀孕的代母都必须搬到这里。护士开始给 Neha 做各项检查。

▷ Neha Srivastava

我怀 Vishal 和 Seema 的时候，还得干重活，吃的也不好，根本没人管，还是这里好（笑）。

（护士帮 Neha 进行注射，又准备好营养餐，已经第三次代孕的 Neha 看起来轻车熟路。）

画外音（O.S.）

像这样的针要打到什么时候？

▷ Neha Srivastava

我没有数过，反正要打好多天……

▷ 护士

那是黄体酮，要打 75 天，能增厚子宫内膜，抑制子宫活动，使受精卵植入后产生胎盘……

▷ Neha Srivastava

我懂我懂，一切都是为了保护那个贵重的小东西，那是公司资产（笑）。

画外音（O.S.）

这一切对你来说，困难吗？

▷ Neha Srivastava

对我来说，这件事情本身没什么难的，难的是别人怎么看我。

Rajan 一开始很生气，他觉得这是亵渎神明，是不洁的行为，但是我告诉他，那些父母有些是失去了唯一的孩子，有些是因为身体原因没有办法生育，我们是在做善事，神明会原谅我们的。后来慢慢地，他也接受了，而且我们现在住上了新房子，孩子们也上了好学校，每个人都高兴，不是吗？

画外音（O.S.）

你会见那些父母吗？

▷ Neha Srivastava

如果对方没有要求尽量不见，面试是通过视频，孩子生下来之后，鉴定完半小时内就会被抱走了，合同里面是这么规定的……

画外音（O.S.）

你会想再见到那些孩子吗？

▷ Neha Srivastava

我（不安地笑）……没有想过……

[场景切换] 健身房里，吴英冕戴着无线耳塞，看着视频节目，在椭圆机上挥洒汗水。穿着紧身连体服的她，身材一点儿也不像快四十的人。

[字幕]

代孕中介公司拒绝了我们的拍摄请求。

▷ 吴英冕

不是说以后人都能活到两百岁吗(笑)，让自己看起来年轻点，有活力点，在职场上也是个加分项。以后选择冻卵或代孕的人会越来越多的，现在竞争这么激烈，休完产假回来就没你什么事儿了。以前人们还藏着掖着，假装出国休假回来就多了一个娃，现在大大方方的，就是代孕。

（指着健身房里一排奔跑中的年轻女孩）你看她们更激进，根本不想结婚，只想有个自己的娃，至于男人，就像换衣服换手机一样（笑）。

（吴英冕看的屏幕上播放着中介公司提供的动画视频，用一种卡通式的口吻讲解整个过程：

准备期需要连续口服 20 天避孕药，然后连续打 10 天抑制针，避免卵子过早发育流失。

排卵期到来前每天血检雌激素水平，每隔 2~3 天做排卵监测，每晚打三种促排卵针。取卵时，用一根 A4 纸长度的针状吸管，经母亲的阴道穿破内壁直抵卵巢，另一边，医生通过 B 超监视吸管到达的位置，并找到卵泡，一次吸出 10 个卵子。与此同时，代母需要打针调解身体激素水平。男方同期取精，卵子在体外培养 2~6 小时受精成为胚胎，培育一定时间后即可植入代母的子宫内。为了提高成功率，一般同时会移植 3~4 个胚胎到代母子宫，观察发育情况。）

▷ 吴英冕

我觉得他们应该把那个卡通女人换成母鸡（笑），不就是一个产卵机器？听说整个下来身上会多五六十个针眼儿，还有各种并发症什么的，真是花钱买罪受。唉，三十七是道坎儿啊。就算再高科技你还是会觉得当男人省事儿，“同期取精”，四个字，完事儿。我听说有的富豪同时找了好多代孕，买的全是常春藤女高材生的卵子，这比古代纳妾还安全，不用担心后宫争夺家产了（笑）。

（吴英冕健身完毕，离开充满荷尔蒙的房间。）

［场景切换］吴英冕驱车回家，路上接了一个电话。她与电话另一头产生了激烈的争执，出于她的要求，我们没有对通话内容进行录音录像。

挂断之后她一路没有说话。车子到达一栋掩藏在热带花园里的联排别墅，一条贵宾犬扑上前来欢迎她，室内装潢是典型的地中海风格。丈夫最近都出差在外，她快速吃了两口阿姨做的饭，回到书房开始研究厚厚的一叠合同。

▷ 吴英冕

一共六份，还是英文的，我特地请人翻译，律师都已经批注过了。你看看，这是和代孕中心的，这是和生殖中心的，代母经纪公司的，代母本人的，资金监管公司的，哦，还有和代理律师的。每个公司所在地不一样，监管法律法规都不一样，都得研究，这事儿可马虎不得，之前不有好几件代孕案子打了好长时间官司。

画外音（O.S.）

什么样的官司？

▷ 吴英冕

比如前些年，一对日本夫妇在印度实施代孕，但是孩子出生前两人就离婚了，当妈的不要孩子，当爹的又没有法律权利，孩子又不是印度人，这可怜的娃就变成了三不管。

画外音（O.S.）

你最担心什么问题发生？

▷ 吴英冕

（稍加思索）如果提供精子方想要争夺抚养权怎么办？如果

代母想要留下孩子怎么办？如果她想要和孩子保持联系怎么办？如果当地法律保护代母的这种权利怎么办？我只想要一个完完全全属于我自己的孩子，他日后不会因为自己的来历产生任何困扰。我要在合同里把这些都约束得清清楚楚。

画外音（O.S.）

那在你看来，代母也是和你一样的母亲吗？毕竟……

▷ 吴英冕

（脸色一愠，打断）我知道你的意思，我不会用“子宫出租”这种粗暴的词，毕竟我们都是女人，只是在这份契约中身处的位置不同。科学把自然繁衍变成一项工程，那么我们就应该遵守规矩，每个人扮演好自己的角色。你又要名分，又要钱，还要孩子，天底下哪有这么好的事儿！

（吴英冕停下，低下头继续翻看合同，突然像是自言自语地低声说道。）

▷ 吴英冕

所以我不想见她们，我怕我会受不了心软……

［场景切换］代母之家的活动室里。一群腹部大小不一的代母们盛装打扮，头披纱丽，围坐一堂，中间摆放着各色食物，有

naan[1] 烤饼、荤素咖喱、奶昔、masala[2] 奶茶等，颇为丰盛。她们正在为其中肚子最圆最鼓的母亲唱着祈福的祷词。每当有代母将要临盆时，这里的人就会举行盛大的派对，为腹中那个即将降临却又并不属于她们的宝宝祈福。

▷ Neha Srivastava（O.S.）

我经历过非常多次这样的迎生派对，大家一开始总是高高兴兴，吃吃喝喝，又唱又跳，但是到最后都不说话了。每个人心里都明白，孩子出生之后，只能在自己身边待几十分钟。虽然我们都会说服自己那是别人的孩子，可毕竟在我肚子里待了九个月，它身上也流着我的血，已经变成我的一部分。

那种感觉很难说清楚，就像是把你的心掏空一样，只剩下一个松松垮垮的皮囊。

（那个临盆的代母开始哭起来，其他的母亲把手放在她肩上，安慰着她，但是自己的眼眶也不由得红了。Neha 抱着大家，把脸转向一旁，像是想着什么。）

[场景切换] 镜头跟随着 Neha 走过热闹的街道，路人向她投来怪异的眼神。Neha 步入一片齐腿高的香根草地，她用手掌轻轻抚过那些坚硬带锯齿的草叶，嘴里轻轻哼着没有词的曲子。

---

1 Naan 是一种印度特色面食，类似馕，中空可塞入肉或蔬菜等食物，一般佐以咖喱食用。

2 Masala 在印度语里代表“混合香料”，masala 奶茶就是一种以红茶叶为主，再加入香料及药草调味的饮品，其特色为香味浓郁，配方灵活。

▷ Neha Srivastava（O.S.）

当我唱这首歌的时候，我能感觉到它动得特别厉害，就像一条鱼儿在肚子里摆尾。

它应该很喜欢这首歌吧，趁着还有机会，多给它唱。

（Neha 来到小溪边，小心翼翼地坐下，用手抚弄着水流。特写，手带着许多细小的伤痕，穿过波光粼粼的溪水。）

▷ Neha Srivastava（O.S.）

等它出生后，我要按照印度的习俗，给它的眉心点上红色的 Bindi[1]，还要给它的手腕脚踝和脖子系上丝线，这么做能够阻挡邪灵和厄运，保护它的生命能量。

我一定要这么做，我希望它能够健康长大，像我自己的孩子那样。

画外音（O.S.）

如果它的父母不让你这么做呢？

▷ Neha Srivastava

（沉默片刻）他们什么都不知道！什么都不懂！

那些有钱人以为这是在宠物市场买小猫小狗吗，一手交钱，

---

1 Bindi 也译为“明点”，指印度妇女在额心画上的圆点。在瑜伽中，明点被认为是一种生命力的精华，红色明点代表的血，由母亲而来，而白色明点代表精子，则是由父亲而来。

一手提着笼子就走了。我第一次干这种事的时候差点没命了，就因为他们放进去了三胞胎，在印度，只要你愿意给钱，他们可以让你放五胞胎。有时候放两个只是为了挑选男孩，然后把女孩杀掉！

这是什么？这是文明社会的规矩吗，我真的不懂。

很多女孩因为客户变卦了离婚了，就得把快要出生的孩子流产，自己也送了命。

如果这不是谋杀，我不知道什么才是。

（Neha 陷入沉默。不远处传来水声，几个男孩从牛背跳进了小溪，欢快地打起了水仗，水珠在空气中勾勒出一道浅浅的彩虹。）

▷ Neha Srivastava

我做完第一次之后发誓再也不干了，可我又做了第二次、第三次。

我以为我会越来越习惯这种事情，什么也感觉不到，可并没有。

我还是会感觉到它的心跳，像是在和我的心跳对话。我还是会因为它无缘无故的高兴、生气或者哭泣，一想到有一个在你身体里的小生命正在观察着你的一举一动，喜怒哀乐，虽然不知道它能感受到多少，可是你能感受到它，并相信它也能感受到你。

这种感觉太奇妙了，跟你肚子里的生命是否属于你没有一点关系。

你和它已经被某种东西牢牢地绑在了一起。

你能理解那种感觉吗？（含泪直视镜头）

［场景切换］吴英冕书房，在散乱的合同文件前，她用力揉搓着自己发红的眼睛。她走到阳台上，看着不远处如星海般光芒四溢的城市，点了一根烟。她用力地吐息，白色烟雾在空中尚未成型便已缕缕消散。

▷ 吴英冕（O.S.）

我这几天整宿整宿地睡不着，一个是担心采卵和胚胎的质量，一个是听了太多耸人听闻的例子，有些心率不齐。半梦半醒之间老想起那些可怜的女人和那些死于非命的孩子。你说胚胎发育到什么阶段能算是人呢，或者说，具有了人的感知能力和自我意识？这事不能细想，越想心越慌，我这到底是在造什么孽……

（切至 Neha 特写，水波倒影在她脸上，双眼闪烁细碎的光亮。）

▷ Neha Srivastava（O.S.）

我经常做梦，梦见那几个孩子。

他们都已经长大了，长着白色或者黄色的脸。

我用我起过的名字叫他们，他们不搭理我。

我叫啊叫啊，嗓子都哑了，他们还是一点反应都没有。

直到我哼起那首歌……

（一阵欢呼声让 Neha 侧目，男孩们已经上岸穿好衣服，其中一个年纪稍长的孩子变戏法般掏出了 Khanjira 手鼓[1]，他熟练地在蛇皮上洒了点水，与那小鼓体量不相称的洪亮节奏就这么响了起来。Neha 露出了笑容，她突然唱了起来，还是她路上哼的那段曲子，只不过带上了歌词。男孩们兴奋起来，和着鼓点和歌声拍起手，他们开始还站着不动，慢慢地，脚开始抖起来，腰开始扭起来，手开始挥舞起来，咧嘴大笑起来。

Neha 也站起来，加入他们的舞蹈，她步伐谨慎，肢体和眉眼却分外灵活，像一只骄傲的孔雀。）

▷ Neha Srivastava（O.S.）

他们还记得那首歌，还记得我。

每次我总等着他们叫我，但总在这时梦就醒了，我怎么也听不到那一声……

（切至吴英冕特写。）

▷ 吴英冕

我付出那么多无非就是为了听孩子叫一声……

（切至 Neha 特写。）

---

1 Khanjira 手鼓，印度的古老乐器，一种小型手鼓，由富弹性的蜥蜴皮蒙在木质框架上制成。

▷ Neha Srivastava

妈妈。

是的，妈妈。

———— 黑出 ————

［字幕］第二部分

（大野敬二在地铁站台上等候，镜头里除了主画面，下方还有几个细长条叠加窗口，展示着各种数据曲线，如海浪般起伏不定，那是由受访者提供的实时生物监测数据。车进站了，大野敬二斜挎着包走进地铁车厢，人不少，几名正在阅读的年轻人看到那圆鼓鼓的肚子，纷纷站起来让座。K.O. 道谢坐下，周围的人这才看清他的面孔，不由多看了几眼，终于还是有人认出了他，一名穿着入时的年轻女孩问他是不是 K.O.。）

▷ 大野敬二

是的，我是。

▷ 女孩

抱歉，也许有点唐突，我是在媒体上看到的，所以现在它怎么样了？

▷ **大野敬二**

是“她”，她很好谢谢。

▷ **女孩**

几个月了？

▷ **大野敬二**

28 周又 3 天。

▷ **女孩**

哇，那很快了。所以你会用什么方式……我的意思是……分娩？

▷ **大野敬二**

（曲线大幅波动。）

（笑）我知道，每个人都很关心这个，有几种备选方案，不过我觉得可能现在不是合适的讨论场合，关注我的信息流吧。

▷ **女孩**

（尴尬）噢当然，抱歉，我是说，我会一直关注的。祝好运！

（没有人再和大野敬二主动攀谈，他在红线的 Kendall/MIT 站下车，经过月台时有游客摇动手柄，激活被命名为毕达哥拉斯的音乐雕塑，吊锤撞击钢管，发出 b 小调颤音。）

[场景切换] 我们随着 K.O. 走进由槙文彦设计的 MIT Media Lab 大楼，大厅里正在展示的是一种融合了人造叶绿体和碳纳米管的新型材料，像一堆墨绿色的果冻被凝固成各种奇怪的造型。

▷ 大野敬二

（转向镜头，笑）尼葛洛 · 庞帝，《柔性建筑机器》，1975。好像没什么人记得他原来是个建筑师。

[镜头跟着他穿过大厅的另一头，陈列着象征 Media Lab 历史的各种发明：Logo 海龟、Minsky 机械臂、OLPC（One Laptop Per Child）、Kindle、可折叠堆叠的迷你电动车 CityCar、3D 全息打印、为孩子设计的可视化编程语言 Scratch，等等。]

▷ 大野敬二

真 * 哔——* 酷吧。这里的人都是些异类，但跟那些光说不练的理论家相比，这里的人信奉的是“不实施毋宁死”。（他指着墙上的口号：Deploy or Die。）

[场景切换] K.O. 敲了敲门，走进 Joan-Francois Lemaire 博士的实验室，一个三十岁左右、一头蓬乱金发的女士站起来迎接他。

▷ 大野敬二

Joan 简直超棒的，她的老师是大名鼎鼎的 Hugh Herr，

Biomechatronic（生物机电）研究中心的创始人，就是那个给自己装上两条假肢的登山疯子。

▷ Joan-Francois Lemaire

少来了，我可从来不是个好学生。比起你要干的事情，Hugh Herr 只能算是个循规蹈矩的清教徒。

▷ 大野敬二

我们，是我们要干的事。你觉得明年的不服从奖[1]有戏吗？

▷ Joan-Francois Lemaire

我觉得在“不服从”这一项可以打满分，可在“道德”这一项……好吧，也许会有反对意见。

躺下吧，我给你做个全面检查。

▷ 大野敬二

那些戴假发的中世纪僵尸都应该 * 哔——* 去死！

（大野敬二换上宽松的医用罩袍，在一张白色平板床上躺下，Joan 操控着一道圆拱型扫描仪缓缓划过他的身体，发出蓝白频闪和细微的电流嗡叫。）

1　即 MIT Media Lab Disobedience Award，是 LinkedIn 创始人 Reid Hoffman 在 2016 年捐资设立的奖项，旨在奖励全球范围内影响力卓越的学术科研人员或团队，评判标准是“负责任地、道德地不服从”，最初奖金为 25 万美金，后增至 40 万美金。

▷ Joan-Francois Lemaire

注意你的用词，现在你可是个爸爸，噢，妈妈了。

(伴随着扫描仪掠过 K.O. 隆起的腹部，Joan 手中的平板显示着各种数据及腹中胎儿的实时动态图像，她用手旋转胎儿图像，从不同的角度观察其姿态。)

她看上去很好，人造胎盘运作正常，你的雌二醇激素水平有点高，一切感觉还好吗?

▷ 大野敬二

除了长出一对大咪咪、每天睡不着觉、胡吃海塞一堆食物和药片再吐出来一大半、一点点情绪化，真的只是一点点，然后还有疼，* 哔——* 这辈子都没这么疼过，我不得不说，其他的都还不赖。

▷ Joan-Francois Lemaire

这可都是你自己选的，你也可以要一个男孩，或者不做神经移植手术，无论哪一种，都会让你好受不少。

▷ 大野敬二

Joan，你懂的，我要这一切尽可能地接近自然状态。

在自然状态下，人是没有办法选择胎儿性别的，你只是被选择。

可话说回来，一个被化学阉割的 K.O. 还是 K.O.，不是吗?

▷ Joan-Francois Lemaire

绝对的真汉子，注射荷尔蒙也阻挡不了你的雄风。

（停顿）所以，你真的考虑好了吗？

▷ **大野敬二**

噢，又来了，我都说了多少遍了，就算再危险，我也想要尽可能模拟真实分娩的过程。

这个项目的意义不就在这里？人类历史上第一个真正能够体验从怀孕到分娩全过程的男性，而不是那些假模假式先怀孕再变性的货色。

这意味着很多、很多东西。

▷ Joan-Francois Lemaire

（笑）我不是问你这个，我是想问你，名字想好了吗？

（大野敬二躺在床上，侧过头看着Joan，露出“我就知道”的笑脸。）

［**场景切换**］阿诺·施瓦辛格饰演的Alex躺在手术台上，从蓝色无菌布的方形缺口中露出鼓胀得夸张的腹部，四名医护人员包围着他，手里拿着手术刀和剪子，正准备给他进行剖腹产。镜头缓慢推近到阿诺的面部，他神情紧张，周围的人不断告诉他“吸气，吸气”。

画外音（O.S.）

在电影史上，不同国家都曾经出现过讲述男性怀孕的作品，1973 年法国与意大利合拍的《怀孕的男人》、1995 年中国台湾的《袋鼠男人》、1994 年美国的《魔鬼二世》、2011 年俄罗斯的《代孕爸爸》、2015 年中国大陆的《捉妖记》，等等（随着介绍出现电影海报及片段剪辑）。

2008 年，行为艺术家 Virgil Wong 拍了一段 7 分钟的伪纪录片放在 Youtube 上（播放视频片段），宣称她的男性好友 Lee Mingwei 通过参加纽约市 RYT 医院 Dwayne 医疗中心的 II 期临床试验，成为历史上第一位在自己身体内孕育胎儿的男性，引起了网上的广泛争论。

▷ Hanna Kühn

有趣的是，它们大多数都被处理成喜剧片的形式，就好像这件事情的唯一价值就是惹人发笑。

我的意思是，你什么时候看过关于女女生子的电影？

▷ Fatima Kühn

等等，你忘了《神奇女侠》（大笑）？

[**场景切换**] 纯白色的摄影棚里，Fatima 的棕色面孔格外显眼，她穿着连体白色运动服和荧光黄色球鞋，指挥着灯光师调整光场，她的影子随着光照在地板上变幻形状和浓淡。她终于满意了，让所有人清场。

镜头拉开，她的面前并不是名模也没有巨星，只有一桌精心摆放的摩洛哥风格食物。

▷ Fatima Kühn（O.S.）

我来自叙利亚，我是个难民的孩子。

我的母亲怀着孕只身偷渡过地中海，步行穿越希腊、马其顿、塞尔维亚、匈牙利、奥地利，最后进入德国。我没有办法想象她究竟经历过些什么，我只知道她不再让我像我们族人那样，把父亲的名字、甚至父亲的父亲的名字都变成后缀。她告诉我，你的名字是 Fatima，只有 Fatima，你要为自己而活着。

现在我有了一个新的姓氏，Hanna 告诉我，在德语里 Kühn 代表“勇敢”，不得不说这是个巧合，好的那种。

[**场景切换**] Hanna 和 Fatima 携手出席某个公众活动，突然画面外出现几声吼叫，几个不明物体飞向两人，在她们头上身上碎开，流淌下粘稠的半透明蛋液。她们狼狈不堪地甩掉那些蛋壳和黏液，这时镜头转向人群，一个头戴贝雷帽的壮汉正被保安死死按倒在地，他嘴里不停用德语叫骂着什么。

[**场景切换**] 午后，Hanna 与 Fatima 并排坐在家中起居室沙发上。

▷ Hanna Kühn

那个人说，我要用猪精液灌满你们这些女同性恋的每一个洞眼。

▷ Fatima Kühn

（忧心忡忡）这还不算最糟的。我的一些客户迫于压力取消了合作，有些恐怖分子发出死亡威胁，扬言要用石刑处决我，就像在我老家那样。

▷ Hanna Kühn

（握住 Fatima 的手，看着她）我们会挺过去的。校方明确表态支持我们，警方也加强了安保措施。我的意思是，这里是柏林，你还指望在哪能找到这么尊重多元化的地方。

▷ Fatima Kühn

（抚摸着自己腹部）我知道……一开始我们以为最难的是技术部分，现在发现，最难的其实还是在人的部分……

▷ Hanna Kühn

就像第一次在银幕上看见火车进站，所有的人都被吓得跑出放映厅。

人的观念跟不上技术发展的步伐，有个滞后效应。

我只希望我们的女儿以后能生活在一个更加宽容的世界。

▷ Fatima Kühn

说老实话，我没有 Hanna 那么乐观。

[场景切换] 街头随访。

▷ 老年男子

（风衣、玳瑁眼镜、夹着皮质公文包）

嗯……我是这么看待这件事情的。上帝创造了男人和女人，就是要他们彼此相爱，繁衍后代，现在你告诉我男人没用了，只需要女人和女人在一起，就能生出小孩，我觉得这对我的信仰是一种……亵渎。

▷ 年轻男子

（卷发、吃着汉堡、眼睛难以离开手机屏幕）

哈，我就知道这一天迟早会来的。男人无用论。

如果你告诉我这是科学，那就让我们来进行科学的讨论，男人带来的并不是只有精液和 Y 染色体，还有一半的遗传多样性，假如一个女人选择只用自己的细胞进行克隆，那么她的后代就会像回声一样越来越弱，所有隐性的基因缺陷会浮出水面，直至整个系统崩溃。

哦？你说遗传物质来自两个女性？……那又是另外一回事了……

▷ 中年女子

（职业装，短发，骑着自行车）

既然蜜蜂可以，蜥蜴可以，鲨鱼可以，为什么人不可以？我是说，我们都是自然进化的产物。

我读过新闻，说Y染色体每一百万年就减少10个基因，所以终究有一天男人是要灭绝的（笑），从现在开始适应也没什么不好，人类总得活下去。

不，我不是女权主义者，我也需要男人，有些时候。

只不过在这件事情上，我觉得两个女人生孩子没有什么不对的，你知道，大多数男人也只是他们孩子名义上的父亲（眨眨眼）。

▷ 小女孩

（吃着冰淇淋，一脸迷茫地看着镜头）

……你是说就像迪斯尼公主们那样，在交叉剧集里，白雪公主和花木兰住在一起，她们收养了老虎莉莉公主，还有一只棉尾兔朱迪，她们每天都有新的裙子穿？

[场景切换] 起居室沙发上。

▷ Hanna Kühn

我们应该用历史的眼光来看问题，亚里士多德还以为精液是来自脊髓呢。我相信再过十年，人们不会像现在这样戴着有色眼镜看我们。

▷ Fatima Kühn

（看着 Hanna，严肃地）希望我们能活着看到那一天。在我六岁那年，被德国政府的“融入计划”安排到当地学校入学。当然，大多数老师、孩子或者家长都还算是友善，但是仍然，这个漂亮的复活节彩蛋上会出现裂缝。哪怕再不经意的一个眼神，一句笑话，一个重音，对于我们这种人来说，就会在心里放大无数倍。他们是在嘲笑我吗？他们是不是看不起我？我应该怎么样变得和别人一样？这样的问题无休止地困扰着我。与其让我的孩子承受这样的重压，我宁可让她呆在家里，跟AI程序打交道，至少我可以设置它的聊天风格：75% 德式幽默。

▷ Hanna Kühn

（抚摸着 Fatima 的头发）放松点，Fati，深呼吸，她可在你肚子里都听着呢（笑）。我承认你说的都是客观存在的，但我同样相信家庭环境的力量，瞧瞧现在的你，跟任何一个日耳曼后裔没有两样，甚至更优秀更快乐不是吗……（厨房传来一声巨响，是窗户被打碎的声音。）

噢天，你待着别动，我去看看，这些狗娘养的……

（镜头随着 Hanna 跑到厨房，窗户已经被砸烂，地上有一坨用纸包裹的不明物体，形状像是长条形的雷管。窗户外有车辆快速发动驶离的引擎声。）

▷ Hanna Kühn

退后！退后！马上报警！

（Fatima 手捂着嘴巴，惊恐地看着这一切。）

[**镜头切换**] 警方的防爆专家来到现场，拉起隔离线。监视器画面里可以看到一台小型履带式拆弹机器人的主观视角，摇摇晃晃地从我们几分钟前身处的沙发开过，靠近那坨疑似爆炸物，两只机械臂进入视野，小心翼翼地剪断缠绕的电线，打开卷曲的纸张，所有人都面露紧张。Hanna 紧紧抱着 Fatima，Fatima 手扶腹部，似乎在细声说着什么，不时用手指抹去眼泪。

纸张打开了，里面包裹的是一根金属铸成的假阳具，纸上用大写德文写着“BENUTZE DAS”（用这个）。

[**场景切换**] 傍晚，大野敬二以半卧的姿势坐在工作室里，桌上胡乱摆放着一堆营养食物和保健药剂。

画外音（O.S.）

你确定我们能拍？

▷ **大野敬二**

我已经告诉对方，这也是项目的一部分。况且，最终定剪之前你会给我看的吧（笑），一行有一行的规矩，你懂的。

（在过了预定时间十五分钟后，大野敬二接入了视频会议，对方是 Netflix 直播内容总监 Scott Anderson，从加州洛斯盖图的 Netflix 总部拨入，他的头像出现在投影墙上。）

▷ 大野敬二

Hi，Scott，亲爱的，最近还好吗？抱歉没想到上一个会拖了这么久，那些婊子养的真是找不到重点。

▷ Scott Anderson

（三十岁左右，休闲商务风，语速惊人）

没事，哇噢，K.O.，你看起来气色很棒！

▷ 大野敬二

感谢上帝，噢当然还有科学（笑）。

我们长话短说，我知道Netflix希望拿到分娩当天独家直播权，不过你知道，这事儿就像是“黑五”的头条广告位，每个人都想要。告诉我，你们能给我什么条件？

（画面被暂时消音，只能看到双方快速对话。）

▷ 大野敬二

OK，商务条款我没有什么意见，分级限制呢？我希望尽量多的人能够订阅，我们不能把MA往下调调吗？

［字幕注释］MA，Mature Audience Only，只允许17岁以上成人观众观看。

▷ Scott Anderson

我非常理解，但首先，这事儿由不得我们，FCC 的 AI 审查程序绕不过去；其次，到现在为止，我们还不确定究竟当天会发生什么，你能给我们详细解释一下吗？可以请法务部门评估一下风险。

[字幕注释] FCC，Federal Communications Commission，联邦通讯委员会。

▷ 大野敬二

（将平板上的一个数据包丢到大屏幕，展开成一个卡通人体结构模型。）

这可是你要求的，做好心理准备，Scotty。

是什么样的魔法让我能够怀胎十月呢？当当当当，Joan 和她的团队利用了异位妊娠的概念，对于女性来说，宫外孕是一种致命病症，需要彻底清除，对于我却是唯一的解决方案。

他们在我的腹腔中用生物纳米材料搭建起一个人造子宫，人造胎盘附着在加固的肠系膜上，我的髋骨不够有力，因此又做了支架手术，以支撑长得飞快的小宝宝，最浩大的工程还是腹腔循环系统的再造，以保证给胎盘足够的血液供给，然后就是人造羊水注入，胚胎着床、复合激素方案、抗排异药物等等，哦，差点忘了，我还要求他们帮我做了神经接驳，那真的是 * 哔——* 疼，比被人踢了卵蛋还要疼上一万倍。

▷ Scott Anderson

（瞪大眼睛，手捂住嘴）天哪，难以置信，这真是……疯狂。

▷ **大野敬二**

哈，这还只是前戏。

复合激素让我变得不男不女，完全丧失了性能力，但愿不是永久性的。在这过程中我有无数种可能中途死掉，并发心脏病、内出血、感染、栓塞、肠系膜破裂，应有尽有，更别提各种药物副作用和荷尔蒙紊乱导致的情绪波动。生平头一回我觉得，做一个母亲实在是太不容易了。

我的意思是，我们讨论所谓的平权几十年了，但除非从身体上去感受另一种性别，才谈得上真正的认同。你懂我意思。

▷ Scott Anderson

非常同意，平权不应该只是停留在口号上。所以你会采取剖腹产？

▷ **大野敬二**

那是最后也是最难的一道关口，你们媒体狗会爱死这个的。

人造胎盘现在已经跟我的组织长在一起了，需要切断血管才能彻底拿下来，否则可能导致严重的高感染并发症风险，而手术导致的大出血也可能失控。如果人造子宫结构崩坏了，胎儿的生命也有危险。

▷ Scott Anderson

你是说可能会在分娩过程中发生意外？

▷ 大野敬二

我不想夸大其词，不过以我的情况判断，50% 的死亡几率可能都过于保守了。

▷ Scott Anderson

这……Netflix 可不能在直播过程里死人，会被吊销牌照的。

▷ 大野敬二

我也希望能像叶形海龙那样进化出雄性子宫，可事实是，之后我还得动许多次手术来取出那些不可降解的支架结构。话说回来，观众想看的不就是这个，50/50，谁知道了球赛结果之后还会去看重播（笑）？

▷ Scott Anderson

这太冒险了，如果只是出血，我们还可以用技术手段实时抹去或者降低血液色度的刺激性，但是如果关系到人命……我得咨询一下法务部门的意见，抱歉。

▷ 大野敬二

恕我直言，生育本来就是充满危险的事情，不管哪种性别都一样。

▷ Scott Anderson

也恕我直言，我知道您一直是个冒险家，但这次，您不觉得走得有点太远了吗？万一那个孩子出了问题，这可是非常严重的伦理事件，所有的人都会认为，您为了自己的……艺术创作，害死了一条生命。

▷ 大野敬二

我知道你想说什么。生育后代本来就是自私的，是未经允许的。

对于我来说，作品也好，作秀也罢，都是让我生命更完整的一部分。

我给你一些时间考虑吧，ASAP（As soon as possible），回见。（退出会议）

（墙上的头像消失了，大野敬二抚摸着自己的腹部，呆呆地看着半空，若有所思，突然像是想起了什么，他转向镜头，挥了挥手。）

▷ 大野敬二

停。我说，你们可以停了。

［场景切换］一个圆形气泡状的空间，内壁是乳白色的发光材料，Hanna 和 Fatima 穿着灰色连体服，交叉对躺在两张设计精巧的乳白斜椅上，像是半空中漂浮着一个 X 染色体。

［字幕］柏林 Innerspace 精神健康诊疗中心。我们被允许将摄像机放置在诊疗现场，部分内容应要求有删减。

（灯光暗下直至黑暗，一阵静噪若有若无地浮现，墙壁上闪烁光点，如同呼吸般温柔，伴随着音响效果缓慢形成节奏，变换颜色，如流星坠落又升上苍穹。Hanna 和 Fatima 只剩下两个剪影，她们戴着白色耳机，只在需要时才能听见彼此的声音，所有的一切都是由程序自动操控，没有人工干预的成分。

两人各自面向的墙体开始出现不同画面，耳机闪烁，诊疗开始了。）

Hanna Kühn

（面前蓝色漩涡缓缓旋转）你好，我是 Hanna，是的，这是我第一次接受 AI 心理辅导，场景蛮酷的，让我想起了 X 教授……

Fatima Kühn

（面前橙色光斑弥散，仿佛罗夏墨迹测验）Fatima，她们告诉我这很有用，我就来了……

Hanna Kühn

恶心、失眠、周期性腹痛、流鼻血、激素水平紊乱，大概有七周了，不，我没有怀孕，她才是……

Fatima Kühn

（深吸一口气）噩梦，每晚都做噩梦，是的，我猜跟那件事有关系，已经有一阵子了……

Hanna Kühn

Couvade[1]综合症？我以为那只是对孕期妇女的丈夫而言，反向俄狄浦斯情结什么的……

Fatima Kühn

我得好好想想……大部分都很混乱，好像有人在追杀我，一直追我就一直跑……

Hanna Kühn

不，我不相信交感妊娠那一套鬼话，但是 Fatima 要来，我就陪她来了……

Fatima Kühn

他们要我肚里的孩子，他们要我的孩子（哭腔），他们有刀，很长的弯刀，明晃晃的……

Hanna Kühn

主要的问题是 Fatima，她被吓坏了，那些恐怖分子，还有科学家和媒体，他们说个没完没了……

---

1 Couvade：拟娩，又称拟娩综合征 (Couvade syndrome)。来自法文 couver，意思是孵化。指男性在配偶怀孕期间经历类似怀孕的症状。无论在哪一个国家，约有 25% ~ 50% 的准父亲会出现拟娩综合征，年龄介乎 19 到 55 岁。它被认为是男性下意识想要确认及参与怀孕的表现，并且可能潜意识里想要分享怀孕女性所受到的注意。

Fatima Kühn

Hanna 不见了，也许是被杀了，不，我怎么会告诉她，这还不是最可怕的。他们抓住我，用那把弯刀破开我的肚子，天哪（呼吸急促）……

Hanna Kühn

我们一直按时吃药，胎儿检查结果也正常，我不得不说，是外部的心理暗示，Fatima 一直很敏感，如果你看过她的作品……

Fatima Kühn

（光斑颜色变成淡绿色，运动模式随之改变）好的，深呼吸，1、2、3……他们破开了我的肚子，从里面取出来的，是动物的骨头。像老鼠、小鸡或者青蛙的混合体，我都要崩溃了……

Hanna Kühn

不，她没看，是我在看科普纪录片。像上世纪日本人用骨髓干细胞成功培育出鸡的雌性精子，2004 年用基因修饰技术将小鼠细胞基因的雌性印记转成雄性印记，再注射进卵母细胞，培养出了纯雌性亲本的后代。我其实没有那么担心啦，虽然这些操作有一定几率会带来潜在的缺陷和遗传病……

Fatima Kühn

也许他们说的是对的，我们在做一件不该做的事情，我不知道，我真的不知道。有时候我能感觉到孩子的情绪，母亲和胎儿的大脑间会产生某种联结，这是你们男人所无法理解的。抱歉，我又把你当成真人了。噢，你可以改变声音的性别？嗯，再稍微柔和点。

现在好多了，谢谢你。

Hanna Kühn

（变成紫红色放射线光纹）我承认我比较理性，但并不代表我不会感同身受。

我们都是她的母亲，她能享有双倍的母爱，这难道不比那些父爱缺位的传统家庭强多了吗？

是的，是我提议的。我相信科技能够让我们成为想要成为的人。

我相信这也是 Fatima 想要的。

Fatima Kühn

我不确定这是不是她想要的，我们太自私了。

你知道媒体是怎么叫她的？“至纯之女”！这个色情女星代号真是令人作呕。就好像他们已经规定好了她的一生，只能像我们一样，选择与同性继续繁衍下去，不能有半点男性血缘的沾染。

这当然不是我们的本意，我们的本意是为了爱。

Hanna Kühn

所以我们的问题出在哪儿呢？智慧的机器。

在一个雄性的世界借助雄性的技术来制造纯然雌性的后代，这本身就是个悖谬。不是吗？

环境反噬的压力超出了我们心智和情感所能承受的极限？所以我们应该怎么做呢，逃跑吗？

我哪儿也不去，我就在这里，在我的爱人和孩子身边。

Fatima Kühn

（银白色波浪状条纹）我听见你了，Hanna，我也在这里。

这光线让我想起了母亲经常给我讲的故事“裂缝人”，一个远古的寓言。当然，我愿意讲给你听。

裂缝人生活在海边，长得像人和海象的混合体，她们全靠单性繁殖，但偶尔也会生下一些长着管子的怪物。裂缝人会把这些怪物丢进开满红花的巨大裂缝中，没想到，巨鹰叼走了怪物，他们在陆上活下来，由野兽抚养成喷射族……

Hanna Kühn

你是在跟我说话吗，Fatima？

我不觉得这玩意儿能帮到我们，我能摘下来吗?

Fatima Kühn

喷射族和裂缝人视对方为怪物，互相对抗、谋杀、强奸。

为了繁衍后代，他们走到一起，又为了孩子，他们走向分裂。

你问结局是什么？说实话我也不太记得了。

只记得妈妈说，裂缝人之所以如此神经质并且好战，只是因为她们的子宫空着，也许这是真的（笑）。

Hanna Kühn

（摘下耳机，眼前的光影与 Fatima 同步，一片银白）Fati，你还好吗？我们走吧。

很久很久以前，裂缝人——女人——月亮的女儿，

她们坐在一轮圆月下，彼此讲着如何因为强烈的月光，孩子就来到世上的传说。

如果她们在那儿坐得够久，盯着月亮看的时间够长的话，那么也许……

[**场景切换**] 夜晚，一间名为“The Lunarians”的体育酒吧，每一个人都努力用声音盖过其他人，老板站在柜台后，不时看着头上的高清屏幕，与此同时，悬挂在顾客上方的 16 个屏幕播放着同一个画面。

[**字幕**] 我们未能得到 K.O. 分娩现场的拍摄许可，但找到一家声称会全程播放 Livestream 的体育酒吧。

(渐渐地，有一些人注意到了屏幕上播放的内容，一个喝得有点多的壮汉摇晃着走到老板跟前。)

▷ **壮汉**

Robby，我们能换个台吗？谁他妈想看这个娘娘腔生小孩……

▷ **老板**

我想看，我付了钱，我在门口和网上都贴了告示。

谁不想看的话，简单，门在那边。

（壮汉做了个不雅的手势，离开。陆陆续续走掉一些人，酒吧里安静下来，老板把音量调大，一些顾客抬起了头，露出各色表情。）

▷ **主持人（O.S.）**

……现在情况非常危急，人造子宫承载不了胎儿的重量，引起了连锁反应，胎盘撕裂肠系膜导致内部大出血，胎儿有可能处于缺氧窒息状态，需要紧急手术……

（屏幕上出现了一个形状怪异的腹部特写，如同漏了气的气球，而那层蒙皮下方，是一个不停蠕动的物体，从形状上看，像是一条头部大得不成比例的虫子，画面上移，浅蓝色无菌布下露出一张毫无血色的脸，可以看出，他正处于极大的痛苦之中，满脸汗透，五官扭曲，肌肉颤动。顾客中发出了一阵厌恶的抗议声。）

▷ **大野敬二**

……我还好，还好，不，我要保持清醒，不然这一切都没意义了……

（老板给自己倒了杯威士忌。不加冰。他抿了一大口，又往杯里加了点。）

▷ 主持人（O.S.）

……数据显示，75.62% 的受访者表示他们不赞同艺术家K.O. 的这一行为艺术，有 51.43% 的人认为他的这一举动将对过去五十年的女权运动构成重大打击，更有 31.79% 的人认为这已构成犯罪，要求公共卫生机构及警方介入，这一数字还在不断上升中，FCC 的投诉电话已经被打爆了……

▷ 大野敬二

……谁在唱歌？我听见有人在唱歌，真他妈美……

……我知道很多人恨我，我知道，我只是想证明，性别并不能阻碍任何人……做任何事……

（顾客中发出更高的嘘声。有人大喊了一声“快滚回岛上去吧，自私的黄猴子”。人群一阵哄笑。）

▷ 主持人（O.S.）

……我们现在可以看到医生们在紧张地研究手术方案，从他们的表情可以看出，这场手术难度很大，而且极其凶险。

有一种未经证实的说法是，大人和小孩之间只可能活下来一个。

由于从法律上来说，K.O. 既是孩子的父亲，又是母亲。所有的决定权现在都在他自己手里。

我们看到医生们似乎达成了共识，走进了手术室。

您可以继续通过屏幕提示方式参与互动……

（镜头被拉远，我们可以看到主刀医生非常严肃地对 K.O. 说了什么，K.O. 瞬间的表情陷入呆滞。）

▷ 主持人（O.S.）

由于法律原因，我们无法拍摄医生对病患的关键询问。

他们究竟说了些什么？

（医生离开 K.O.，开始忙碌地准备手术器械。

老板放下了酒杯，酒吧里突然变得格外安静。

画面又回到 K.O. 的特写。）

▷ 主持人（O.S.）

所以 K.O.，能告诉我们究竟发生了什么吗？

▷ 大野敬二

（面无表情地长时间沉默，眼泪积聚成形，滑落）我选她。是的，我很清醒。

答应我，无论如何，让她活下去。

她不是我的作品，她是我的……孩子。

（酒吧里突然响起了掌声，所有客人都转过脸来，寻找这不和谐音的源头。

老板面无表情，没有改变节奏，缓慢、坚定地制造着孤独的掌声。）

——— 黑出 ———

[字幕] 第三部分

(一片热带季雨林。镜头大约在一人高处，平稳穿越榕属植物网络交错的根须，丝棉树根茎如巨型章鱼触手，插入地面细小缝隙，撬起失落宫殿的庞然基石。

可以从地面影子看出这是由无人机拍摄的画面，高饱和度色彩马赛克闪现，遮挡住不时入镜的黑色残缺佛像面部细节。)

▷ MOW45（O.S.）

很抱歉我们只能以这种方式接受采访。巴拿马基地受袭之后我们对所有信息披露都保持高度警惕。同样的，你们无法由我们提供的画面定位到任何具体地理坐标，之所以保留这一段路程只是为了证明，我们不是在某个录影棚里制造的光学骗局。基于你们节目组良好的历史记录，我们选中你们作为 SHIIVA Lab 此次信息发布的唯一渠道，会且仅会回答你们提出的三个问题。

(镜头来到开阔地，一大片眩目跃动的马赛克明显是在掩盖背后的某座建筑物，一位身穿赭红色僧侣斗篷的人站在沙砾地上，无人机落到与其面部齐平的高度，斗篷中的脸依然被马赛克所遮盖，只是偶尔会露出一只怪异的金色眼睛。)

▷ MOW45

现在，跟我来，你们将是全世界第一批见证者。

（镜头跟着 MOW45 进入一个漆黑入口，转为微光模式。一道矿井电梯闸门开启又关闭，开始下降，没有数字标识，没有任何楼层的光栅，只是一直向下，向下。电梯停了，MOW45 穿过长长的走廊，通过生物信息识别，进入一间亮着紫光的房间。里面陈列着两排六个水滴状的大型装置，由管线裸露的支架吊在半空。）

▷ MOW45

第一个问题，我们是谁？

我们清楚外界是如何描绘 SHIIVA 的，毫无人性的邪恶组织，滥用技术挑战伦理底线，财阀政治的畸形产物，等等。都对，也都不对。站在经典人文主义者的历史立场，当下世界的问题完全无解，因为那已经超越了他们所能承受的道德感阈值。而对于我们来说，那只是一种幻觉。

你可以看到，人类求生的本能让所谓文明爆发区域性的变异：非洲重新部落化，将残存生殖能力的男女当作圈养交配的工具，具有活性的精液价值连城；亚洲和北美通过高压控制的集权政治苟延残喘，实行生殖资源配给制，也滋生了全新的特权阶层；欧洲基本全面崩溃，一片混乱，所有根植于基督教文明的价值观在生殖大衰退面前一文不值。

我们坚信，我们掌握了拯救这个世界的法宝。为此，我们的先驱、领袖、智者金昌茂博士早在三十年前便作出全球战略部署，SHIIVA Lab 便是其中最关键的环节之一。

现在你们可以看看这个。

（镜头随着他的手势转向旁边一个半透明水滴状装置，外膜是由某种高分子聚合材料制成，具有相当的弹性，里面充满了在紫光下分不清原来颜色的浑浊液体，有气泡不时从下方升起，消失在顶部。MOW45 伸出手指戳了戳外膜，浑浊液体深处有星星点点的亮光透出，那绿色荧光点越来越清晰，勾勒出轮廓，竟然是一个七八个月大小胎儿的形状。那个胎儿似乎被 MOW45 手指施加的压力所吸引，尽管双眼紧闭，还是本能地朝镜头的方向挥舞了一下手脚，随即又隐没在混沌中。）

▷ MOW45

我们把叶绿素 a 的吸收曲线峰值左移，让它能够利用能量密度更高的紫光，再结合到 P 系列胚胎的表皮细胞中去。这只是其中非常不起眼的一项成果。我们将视外部世界的接受程度，逐步披露。

那么第二个问题，我们想做什么？简单来说，我们想要找到无需人类个体参与便能繁衍后代的方法。

二十多年前的人造子宫技术用电解质溶液代替羊水，用体外膜氧合系统实现血液循环，目的还是为了救治早产儿。各方阻力导致这项技术一直进展缓慢，人类对这一改变有种近乎病态的恐惧。人造子宫会否导致女性地位下降？母子间基于妊娠的情感纽带是否依然存在？会否引起婚姻制度崩塌？让阶层更加固化？特权阶层可以不受限制地繁衍后代，甚至是经过深度基因工程优化的后代。犹犹豫豫中，这辆车驶到了悬崖边缘，无力回天。

而我们却一直没有停下来。

（MOW45 向前走去，穿过房间，步过一条通道，进入另一个泛着绿光的空间。这似乎是间陈列室，四排陈列架上摆满了透明圆罐，其中浸泡着各种胚胎标本，包括完整个体及零散的组织器官，其中不乏发育畸形儿，有些个体的畸形程度远远超出人类的认知范畴。）

▷ MOW45

我们走过的路，漫长曲折黑暗。

用人造子宫孵化胚胎是一回事，由遗传物质直接合成受精卵又是另一回事。这两者大约是莱特兄弟造出飞行者一号到阿波罗 11 号之间的距离。你们所看到的这些，都是我们曾经失败的足迹。没错，它们都是生命。它们并没有被浪费，现在每一个成功的样本上，都留下了它们的痕迹，就像人类身上储存着整个进化史的信息一样。如果真要谴责的话，不如说说在巴拿马袭击中被以“道德”之名捣毁的数百个胚胎样本。仅仅因为他们以不同的方式降生到这世上，哪怕是基因上 100% 的纯种人类，都会被视为异类加以毁灭，这就是你们所谓的文明。

与此同时，我们不断地接到一些请求，大多来自这颗星球上权势最为显赫的群体。

有试图从生理上制造区隔的极端教派，有设计完美婴儿的超人类主义者，也有希望我们能够完全为特定政权或种族服务，用超强繁殖力实现地缘政治上的弯道超车。我们针对其中一些有趣的设想进行了实验，但没有接受其中任何一个请求。

（他走过几个样本，稍事停留，凝视着其中似人非人的存在。）

对于我们来说，这些想法都太可笑了，经典人类式的可笑。

（镜头突然升高，以俯角看着 MOW45 行走于样本间，像是一名解剖室里的黑魔法师。）

▷ MOW45

这取决于你看问题的视角。尺度上的限制，无论是时间或空间，宏观或微观，粗糙的尺度永远导致简陋的评判，而这将带来灾难性的后果。

就好像，1978 年第一例体外受精的试管婴儿就已经成功诞生，而 1987 年的罗马天主教会还在谴责代孕“侵犯了一个孩子在自己亲生母亲体内受孕、怀胎、出生并被其亲生父母抚养的尊严和权利”。2009 年，在代孕产业兴盛了 20 年后，印度依然没有出台法律进行规范，而是简单粗暴地在三年后禁止为单身者及同性恋夫妇代孕，进而禁止为所有外国人代孕。

这种对技术的恐惧导致了思想与行为上的混乱，你们既无法站在人类命运共同体的高度看待问题，绝大多数时候又忽略了这世上生存的数十亿人都是截然不同的个体，他们有着独一无二的情感与诉求。（突然停住。）

噢，时间差不多了，我被要求将语言的宣言风格调低 20 个基点。

现在，我们需要进行消毒。

（MOW45 离开房间，与无人机一同进入消毒间，白色气雾从四面八方喷出，弥散在狭小空间中，逐渐化为细微液滴，蒸发不见。门打开，镜头中出现一片令人惊叹的金色池塘，MOW45 沿着石阶走向池心，无人机围绕池塘盘旋，交代环境。

可以看出这里原先是某座古代佛寺的遗迹，方型池塘四壁上，一座座真人大小的天女 Apsara 浮雕列队浅笑，舞姿曼妙，池水正好没过她们的脐部，露出纤润腰肢。池底整齐排布着七横七纵四十九个方形尤尼底座，象征着女性生殖器，每个尤尼上立着林伽，如一根根头部膨大的阳具昂立于水底。

镜头回到 MOW45 的身上。）

▷ MOW45

林伽是湿婆的众相之一，被描述成世界的起源。说是湿婆的林伽耸立在世间，大梵天和毗湿奴一个化为天鹅向上，一个化为野猪向下，用了一千年也没有找到尽头。

最后一个问题，为什么是现在？

因为人类已经走投无路了。

感谢那些科幻小说和电影，《美丽新世界》《银翼杀手》《逃出克隆岛》……许多思想实验，尽管荒诞可笑，却让我们得以避免毁灭性的风险。针对每一种可能性，我们都进行了计算，并寻求最完善的解。

我们不想让技术沦为奴隶制度或者器官工厂的帮凶，同样，我们拒绝制造歧视与新的种族纷争。许多智者已经看到了，这一技术能够让人类真正抛弃血缘、家庭、族群乃至意识形态的沉重包袱，作为整体踏入全新的纪元。

新的人类，没有父母，完全由算法决定基因组合，而机器所看到的，是数十亿人的基因库以及数万代演化之后的所有可能性。

新的人类被取消了低效的有性繁殖能力，个体可以自由选择性别，或者无性别，一切取决于你的体验。

新人类不再承担着延续基因的使命，个体基因数据都会入库，参与制造后代。每个人都是为自己而活，每个人都是为全人类而活。

死亡变得不再可怕，新人将接受一种整体性的生命观，死亡是通往永生的一道不二法门。

当然，我们知道，往海里撒盐并不是改变海水浓度的好办法。许多政权向我们敞开大门，应允给予新人同等公民权，甚至圈定特区进行保护，但想要改变世界仍然是一件艰难的事情。

毕竟，生殖与毁灭，创造与破坏，从来都是湿婆的两面。

我们改变了想法，也许应该从人类的经验中学习，让你们更好地接纳我们。

于是，我们在全球范围内挑选了一些家庭与个人，送上我们的礼物。同时，我们向更多的人开放申请，希望这能够改变你们的生活，同时也能改变世界对于 SHIIVA 的看法。

现在，是时候了。

（MOW45 摘下斗篷帽，马赛克快速移动扩大，但镜头仍然在某个瞬间捕捉到了一个半人半机械的头颅。他像魔术师一般缓缓举高双手，池水配合他的动作开始翻涌起泡，金色波光在四壁和天花板上不安游动。）

▷ MOW45

如果说，这世上有一样东西是机器无法计算的，那也许就是人类所谓的……爱吧。

希望你们能够爱它们，像爱你们自己一样。

———— 黑场 ————

［**背景音**］片头音乐再次出现，极简主义电子乐加上心跳采样，渐强。

———— 黑出 ————

（满头汗水的 Neha 轻轻哼着歌谣，给皱巴巴的婴儿眉心点上朱红的 bindi，婴儿挣扎着睁开双眼。）

［**字幕**］Aanadi，生于当地时间 2016 年 2 月 3 日 19 点 02 分，名字取义“永远快乐”。

（吴英冕站在床边，看着代母怀中刚刚出生的婴儿，眼含泪光，手搭在代母肩上。）

［字幕］生于当地时间2021年7月12日16时37分，姓名应要求隐去。

（一个浑身是血的女婴被举到大野敬二面前，他只说了一句“你好漂亮”便陷入了昏迷。）

［字幕］大野樱童，生于当地时间2027年4月24日1点12分。大野敬二，因失血过多抢救无效死于同日4点45分。

（Fatima抱着婴儿轻轻摇晃，说“嗨，我是妈妈”，然后把孩子递给Hanna，说“这也是妈妈”。）

［字幕］Anna“Mondschein”Kühn，生于当地时间2031年11月29日6点21分，Mondschein为德文“月光”之意。

（MOW45双手举上半空，四十九根林伽浮出水面，如荷花缓缓裂开、绽放，每朵荷花中央卧着一个粉色婴儿，浑身湿透，突然像得到什么指令般同声哭泣起来，那哭声开始得断断续续，花瓣机械臂剪断脐带，挤压出它们肺部过多的羊水，哭声突然变大了，像是一场经过精心排练的交响曲，叠加在心跳声和电子节拍上。）

［字幕］49个新人类，生于当地时间2038年8月8日8点08分，它们被统称为“礼物一代”，其中仅有不到三分之一在领养者手中存活下来。这些幸存者改变了整个人类历史的进程。

——— 黑场 ———

[出片名]

这一刻我们是快乐的：一部纪录片

——— 全片终 ———

```java
public class TheAlgorithmsForLife {
    public static void main (String[] args) {
        System.out.println ("美丽新世界的孤儿");
    }
}
```

杜若飞从一个无比漫长的梦中醒来，发现自己赤身裸体地躺在床上。

他呆滞了许久，仿佛这个梦是如此之长，长得让他忘记了自己原本应该身在何处。终于他认出来，这是自己租住了三年的老房间。陈旧的20世纪90年代装修风格，略显浮夸的石膏吊顶，木踢脚线，墙纸经过许多个阴湿的梅雨季之后已经泛黄，角落浮现青黑色的霉斑，看不出原来的颜色。一张床、一张书桌和一套衣柜，都是用廉价的碎木合板压制而成，他知道哪几扇门是坏的，哪一扇打开后会有凌乱霉味的衣物涌出。

杜若飞深深地叹了口气，一切都没有改变，梦里的事物只存在于梦里。他揉搓着身上苍白的皮肤，手腕、脖颈和大腿内侧平整如初，没有针眼痕迹，在梦里，这些位置被插上导管和电线，连接到不知名的仪器，发出恼人的嗡嗡声。这种幻听似乎从梦境带入现实，他挥了挥手，试图驱赶那些隐形的蜂群。

窗户透着蒙蒙白光，分不清时间，杜若飞眼角隐约瞥见污浊空气中飘着的城市建筑，他已习惯于这种景象，因此常年不开窗，只靠空调完成室内外空气交换。

他没有找衣服穿上，而是先打开电脑。他知道这个房间不会有别人闯入，合租的哥们搬走了，下家还没有找到。因此现在他暂时承担着双倍房租，这让杜若飞心头一沉。毕竟翻译的工作时常拖欠稿费，并不能为他提供稳定的现金流。

电脑似乎出了点问题。

网络连接显示正常，但所有杜若飞习惯浏览的网站页面，全部停留在昨天。他记忆中留存的最后一天，公元2018年6月26日。

他点开那些似曾相识的标题,内容却近乎全新般刺激着他的神经。

“最后一批幸运儿将在今天进入冬眠舱。”

那些熟悉的面孔掠过他眼前，患绝症的企业家、过气政客、喜剧明星、数学理论先锋、天才少年黑客、世界小姐……绝大部分申请者是联合国未来事务署根据一套复杂到无法理解的公式计算得分，从而获得资格。他们将接受特殊药物注射处理，被送入冬眠舱，怀着各自的期许，长眠数百年，期待未来人类开启解冻程序的一天。

“当然，也有可能是人工智能。”文章以戏谑口吻写道。

杜若飞看到了一张年轻的脸，苍白、死板、怪异，却算不上丑陋，夹杂在精英人士的标准化商务照中间，显得格格不入。那张脸似乎努力挤出笑容，但却因为某种原因而失败，嘴角歪斜，笑容扭曲,透出勉强和僵硬。他看到了照片下方的小小介绍文字。

“全民乐透彩票未来大奖唯一幸运儿——杜若飞，24 岁，中国上海。”

那是他自己的脸。

杜若飞摇摇晃晃地站起身，他无法理解眼前的这一切。梦境中的一切都是真的？那么眼前的这一切又如何解释？或者这只是冬眠过程中一个又一个漫无止境的长梦，他的瘦弱身躯仍然被关在那枚流线型纯白色的蛹中，等待破茧而出的一天。

他走向房门，扭开把手，期待看到那条熟悉的昏暗过道，通往狭小脏乱的公共起居室。

白光涌入，他看见了。

*　*　*

一个乳白色的气泡。

将整个房间包裹在内，光滑的内表面通过不知名的技术投射出他所熟悉的 21 世纪初上海城市图景，摩天楼、高架立交桥、弄堂、梧桐小路。

杜若飞抚摸着虚拟的上海镜像，薄膜随着他的手掌压力而变形，楼群变得弯曲，天际线凹凸不平。他试图再加力度，薄膜被抻拉到一定限度，突然跳跃出荧光蓝色字符，整座城市摇晃、褶皱、坍塌暗下。半透明的气泡如一层蛇蜕，重重叠叠地滑落在地，堆成小丘。

虚拟帷幕背后的景象着实让杜若飞大吃一惊。他发现自己站在类似体育馆的中心，四周的碗状弧壁上排列着密密麻麻的座席，有黑色蛆虫般的影子蠕动，伴随着波浪般无休止的闪光，从各个角度晃得他睁不开眼。似乎是某种静音装置被突然关闭，铺天盖地的欢呼声瞬间将他淹没。

那是人的声音，他松了一口气，同时几乎是下意识地蜷曲起身体，遮挡住裸露的部位。

人群更激动了，浪笑震耳欲聋，又突然销声灭迹。

一把男声响起，夹杂着多国语言词汇，语调怪异，但杜若飞竟能理解那是在介绍自己。聚光灯拢到他的裸体上，他羞耻地想逃回房间，却发现身后已空无一物。他像一头被剃光了毛发的猴子，被晾在众目睽睽之下，几乎要晕眩过去。

一个人影出现在舞台中央，款款走近。从体型姿势可以判断那是一名女性。她没有头发，脑壳上纹印着复杂图案，五官带着欧亚混血的特征。她身上乍看像是赤裸，但在强光下才能发现，那是一层轻薄得近乎紧贴皮肤的材质，随着光线从不同角度的漫反射，流淌出微妙细腻的色彩。

杜若飞惊呆了，竟毫无反应，那女子走到他跟前，手中举起一罐椭圆形的容器，对准他的身体，喷射出无色气雾。杜若飞用手捂住头，紧闭双眼，屏住呼吸，生怕是什么毒气。

什么也没有发生。

他睁开双眼，看见手臂上被喷中部位，迅速凝结上一层半透明覆盖物，像是塑料，但更为轻薄透气。他突然明白了，羞涩地护住下体，站起身来。气雾为他穿上新衣，更准确地说，一件开裆的新衣，只因他的双手死不放开。

那女子露出奇怪表情，伸手推了他一把，杜若飞失去平衡，忙松开双手托地。等他回过神来时，女子已经用喷雾替他完成了这件衣服上最关键的一个补丁。

她又递过一个小巧的长腹白蚁状的设备，指了指自己的耳朵。

杜若飞被这一系列怪事彻底搞懵，他依样戴好之后，女子嘴唇轻启，却从耳畔传出与口型完全不同的标准中文。

“我是你的伴侣，Azul450- 秦叶。”她说。

* * *

三百年过去了。

杜若飞站在公寓房间的落地窗前，看着全然陌生的世界，脑子里反复播放着这句台词。

杜若飞的母亲在三十四岁剖腹生下他，一个孱弱多病、体重不足的早产儿。好消息只有一个：他活了下来。坏消息在随后的许多年里接踵而至：在一次流感疫苗注射后，他患上了颜面神经失调综合症，这种致病成因发生的几率只有百万分之一；五岁那年，父母离异；八岁，校长友善地劝退了他，原因是有多名家长投诉，孩子因为看到他的脸而噩梦连连；十二到十七岁，漫长而痛苦的中学时光，以及一个生命力顽强的“扑克脸”外号；十七岁半，在考取绘画专业的面试关中被刷掉，最终只能在夜校进修外语专业。

很明显，任何一个心智正常的人，都会把所有的不幸归结到那场小小的流感所带来的副作用。

他的眼皮无法完全闭合，左侧嘴角歪斜，乍看像是一副戴歪了的万圣节橡胶面具，尽管常年的针灸和物理治疗已经改善了眼肌抽搐的症状，只要他不笑。

千百年来，人类进化出一套神奇的识别机制，能够一眼分辨出保险销售员的职业假笑与收到情人鲜花时甜蜜微笑之间的细微区别。无论是面颊受到电击，或是听到一个笑话，嘴巴两侧的颧大肌都会扯动嘴角上扬，形成笑容，秘密在于眼睛周围的眼轮匝肌。只有露出真心的微笑时，这些肌肉才会绷紧，把脸颊往上拉，同时把眉毛往下拉，从而在眼角周围产生微小的细纹。

杜若飞曾经每天对着镜子反复练习，母亲怀疑他躲在厕所里手淫，因为开门之后，他脸上永远挂着一副虚无而悲哀的表情。

眼轮匝肌无法由意识进行控制，人脑会下意识地捕捉到这个细节，并将笑容分成真假。但对于杜若飞而言，无论是出自真心还是虚情假意，他的眼轮匝肌都无法收缩，他的笑容只有一种。被定义成假的那种。

笑，便是一切悲剧的起源。

母亲为此哭过许多次，但从未在他面前流过一滴眼泪。

五岁的他躺在被窝里，听见父亲高声吼道，他连笑都不会……然后是一记耳光，长时间的静默，摔门，以及竭力压低的抽泣。杜若飞用尽力气在黑暗中挤出一个笑脸，但父亲再也没有回来。

当母亲办完退学手续把他领回家时，竟不停地用最狠毒的言语咒骂着，杜若飞从被攥得生疼的手心，感受着从另一端传来的阵阵颤抖。一路上，母亲一次也没有回头。

那个自称能解决专业调剂问题的秃顶男人，在小旅馆走廊的拐角撞见了杜若飞，他捏了捏杜若飞的脸，说，你笑起来跟你妈一个德行。母亲在卫生间里待了一个小时，哗哗的水声从始至终没有停歇。

他都知道。

他能想象得到，还有更多的无声哭泣在前面等着她。

他决定结束这场悲剧，给母亲一个提前离席退场的机会。他设想过不下十种自杀的方式，其中最心仪的是吸笑气而死。这份病态的幽默也许是他能留给世界的唯一价值。也许是因为怯懦，也许是勇敢，最终他还是选择了较为温和的方式，离开母亲，到大城市去。

三百年前，他是个孤独的边缘人，远离家乡，远离亲人与朋友，努力打拼只是为了小小立足之地，然而生活抛弃了他，从一开始就给他制造了艰于常人的重重阻碍。梦想像肥皂泡般吹起、膨胀，而后破灭，不留痕迹。

然后一夜之间，人们称他为幸运儿，只因为那张可以告别旧世界的彩票。

* * *

Azul450-秦叶纤细的手指滑过杜若飞的左眼，似乎想要验证他所讲述故事的真实性。

“你很酷，跟其他人都不一样，你是新的。”

从来没有人用这个字眼形容过杜若飞，在他印象里，自从父亲离开后，他所用的一切都是旧的。旧书包、旧笔盒、旧课本、亲戚家孩子退掉的衣服、父亲的大码皮鞋、打了无数补丁的袜子……他感觉自己的心都是旧的，从父母离婚的那一刻起，便不再长大，只是日复一日衰老。

而眼前这个三百年后的“伴侣”居然说他是“新的”。他感到难以理解，事实上，在这个世界里，“伴侣”的意义也是新的。

女孩说，由于生育率下降，她们都是由人类农场培育出来的，Azul450代表基因型，秦叶代表收养家庭父母双方的姓氏，当然她还有个小名叫“晶晶”。

杜若飞说，在我们那个时代，这是大熊猫的名字。

“那是什么？”女孩一脸茫然。

杜若飞醒悟，大熊猫恐怕早就灭绝了。尽管他看见不少新型生物游走于街头，新世界的生物工程技术已发达到可以如拼装乐高积木般组建新物种，但似乎人们对于已灭绝的生物如熊猫、恐龙、猛犸象和嘟嘟鸟兴趣缺乏。

这是一个崇尚“新”的时代。

晶晶说，与旧时代不同，终身制伴侣已经不复存在，伴侣之间可以自行签署协议，规定有效时限，同时，一对一的排他性关系也已被废除，一对多，多对多的关系都是被法律保护的。

“用我们的话说，这叫喜新厌旧。”杜若飞说。

“用我们的话说，这叫……”晶晶飞快地吐出一个多音节词。“……大概意思就是旧有的已沉淀在我身心里，唯有新奇的才能打开未来的可能性。”

杜若飞陷入了沉思。

“所以，如果你不喜欢我，可以随时终止协议，调换一个新的伴侣。毕竟你是贵客，我们有义务让你满意。”晶晶一脸诚恳地看着他，杜若飞顿时面露窘色，尴尬得说不出话来。

“话说，他们是怎么选中你成为我的伴侣的？”

晶晶兴奋得眉飞色舞，脑门上的纹路也开始旋转变幻。

“我中了彩票！”

杜若飞恍然大悟。看来有一些事情还是不变的。可还有一个更重要的问题。

“其他冬眠的人呢？”

晶晶调转目光望向别处。“合适的时候会告诉你的，至少现在，你是唯一苏醒过来的人。”

杜若飞琢磨着这话里包含的诸多可能性。

“还有一件事需要你知道。”晶晶指了指两人头顶。“解冻过程和你的生活费都需要钱，我们默认你将此期间的转播权转让给三大传播网，广告商及观众点播结算的分账余额将打入你的个人账户。”

杜若飞抬头望向泛着均匀柔光的天花板，那里什么也没有。他猜自己并没有说“不”的权利。

“我明白。”晶晶把手放在他肩上。“旧时代的人，有一种对于‘隐私’的特殊癖好，以及相应的，过度自我保护。相信我，放下旧我，这些都将是你的财富。”

她突然想起什么似的补充了一句。

“至少，现在你可以变成任何你想要的样子了。”

* * *

三百年间，这颗行星上爆发了两次全面战争以及超过四千场局部战争，有那么一次站在核毁灭的悬崖边缘，三次殃及所有物种的极端生态危机，以及数不清的政权和国境线变更。

相比之下，科技发展按部就班，在前人的肩膀上更进一步，材料技术和生物工程有所突破，但由于几次战事对于高能粒子加速器的破坏，理论物理也没有发展到实现行星际旅行的高度。

对于杜若飞来说，这些都比不上一件事重要。

他看着镜中那张完美的面孔。对称的五官轮廓分明，眉眼似剑鞘边缘流露的一星寒光，鼻梁挺直精巧，最让他满意的还是那张嘴，唇形薄厚宽窄恰到好处，微微一笑竟有两个迷人酒窝浅陷，唇间露出贝壳般莹亮的牙齿。

他的脸远离镜面，虚拟强化的效果消失，恢复成一张平庸、不自然、充满缺陷和瑕疵的面孔。杜若飞的目光几乎是逃离般避开。

“我为你挑选的这款脸型怎么样，喜欢吗？”晶晶问他。

“很……不错，只是……不太像我。”

这是本季最流行的型号，我们可以根据您的实际情况进行微调。服务人员补充道。只需一小时的定型时间，如果您之后厌倦了这张脸，还有 2 次机会可以免费更换。

“试试吧。”晶晶鼓励杜若飞。

“我……我再想想吧。”

杜若飞被这个充斥俊男美女的世界所震撼，但随即又为那种略显单调重复的审美而疲劳，在一个每个人都可以达致左右绝对对称、五官黄金分割的社会里，反倒是不完美的面孔更容易给人留下深刻印象。

“如果每个人都不停地更换外表，你们是怎么辨识身份的呢？”他问。

“外型变了，但身体的细微姿态习惯是不变的，声线是不变的，虹膜纹路是不变的，DNA 是不变的。所有这些都被存储在数据库中，在社交中可随时调用取看。”晶晶回答。

“看别人长着和自己一样的面孔，或者情侣换脸，不别扭吗？我们那个时代有一种迷信的说法，当你遇见这个世界上另一个自己时，你将死去。”

还是那句话……

“旧有的已沉淀在我身心，唯有新奇才能打开可能性？”

“瞧，你学得很快。”

“可我还是没习惯。”

“我明天换上你的脸让你适应适应。”

“别！千万别！我讨厌这张脸。”

“那就换张新的。”

杜若飞沉默不语，他知道自己已没有抵抗的借口，可旧世界的传统仍驱使他问出最后一个问题。

“如果我想换回来……”

“随时随地。”

* * *

杜若飞被奉为贵宾，来自三百年前旧世界的时间旅人。他受邀出席各种场合，讲一些旧世界的生活风俗博得哄堂大笑，没有杜若飞担任嘉宾的活动就不能算是入流的活动。

他在一场人体音响大赛的开幕式上演唱来自 21 世纪的流行音乐，这首歌还有更深的一层含义，它是旧世界结束前最后一届奥运会的官方主题歌。

对于杜若飞来说，从进入冬眠舱之日起，旧世界就已经消失了，灭亡了，不见了。

收视率在副歌部分到达顶点，尽管有不少观众投诉杜若飞的歌声引发他们肠胃不适及宠物狂躁不安，但礼貌的掌声依然响彻云霄。

相貌俊美的杜若飞与华服称身的 Azul450- 秦叶携手步入贵

宾席，看选手们通过自己的身体组织激发不同频次的震荡波，通过蜗牛状的体韵仪编配成一曲交响乐。他们在身体中植入了不同材质不同深度的辅助材料，与肌肉骨骼软组织相互融合，形成一具独一无二的人体乐器。

他听得浑身毛骨悚然，却依旧保持迷人微笑。

杜若飞在上流舞会讲述自己在旧上海一天的生活，挤地铁，7-11 排队买饭，下载盗版电影，翻译毫无营养的娱乐八卦，看情侣在街心公园接吻、躲雨、洗澡睡觉。当听到人们日均工作超过十五个钟头时，名流们目瞪口呆，甚至忘记了去吸取嘴边模拟酒精作用的软性液管。

当讲到他给家里母亲打电话却无话可说时，贵妇们都做出夸张的心碎模样。

看来三百年还不算太长，杜若飞心想。

他渐渐迷恋上这种表演。这不就是自己在旧世界苦苦追求而不可得的生活吗？日日光鲜，锦衣玉食，混迹于上流社会，接受各种新鲜事物的轰炸。权贵们控制表情与语言的精细程度，让交往对方有种莫名其妙的过度舒适感，仿佛每个毛孔都酥软。

晶晶说，这些人不是从人类农场中培育出来的，他们的诞生是个谜，从幼年时便被植入一套体系严格的神经语言程式，掌管着日后长大成人的所有礼仪规范、行为举止。他们是被管理的社会管理者。真正的规则制定者在近地轨道上，一座高度自动化的卫星城。地上的人只能通过北方海岸的数据塔与卫星城进行加密通讯。

只有一次，那些被高度控制的表情肌短暂失调，流露出慌乱而尴尬的神情。

杜若飞讲自己为了节省开销，拧掉出租屋里的灯泡，拔掉不必要的电器插头，甚至把电脑屏幕都调低到刚刚能看清字符的亮度时，一个学者突然冒出一句。

“这听起来像是三足乌会干的事情。”

所有的人都大笑起来。

“什么是三足乌？”杜若飞问道。

笑声戛然而止。所有人交流着眼神，却回避问题。

晶晶捏捏他的手，“回去告诉你”。

杜若飞第一次意识到，这个看似光滑完美的新世界也存在裂缝。

“三足乌”是威胁当前世界安全的一股极端主义势力，他们仇视现代科技，用尽办法想要捣毁自动化体系和消费主义哲学。“三足乌”有自己的一套教义，自成系统，以保存所谓“人类文明精华”为终极目的，由于对手过于强大，他们只能潜伏在远离城市的偏僻荒野，艰难生活，伺机而动。

“所以三足乌是邪恶的？”杜若飞问。

晶晶的眼睛在黑暗中闪烁着。

“我觉得……他们只是对世界有不同的看法。”

“那些人，为什么要那么看着我？”

一声深长的叹息。

“三足乌袭击了存放冬眠舱的基地，你是唯一一个活下来的。”

杜若飞心头一紧，现在一切都说得通了。

* * *

一股无法遏制的好奇驱使着杜若飞，他竭尽所能搜集一切关于“三足乌”的信息，但出于可以想象的原因，所获寥寥，而且从不同人口中说出的形象，往往互相矛盾，模糊不清。

他发现自己在起变化。

习惯追逐新奇也就习惯了厌倦本身。不光是对各种可即时更换的身外之物，也不光对于自己的面孔，杜若飞醒觉到自己对于晶晶的厌倦在日渐滋长，不管她变成什么模样。他看着那些散发光晕的完美肌肤日渐暗淡，暴露出令人难以忍受的瑕疵，他知道这就是厌倦在大脑中运行的机制。

可总有一些皮囊之下的东西是恒久不变的吧，尽管他现在也开始怀疑，那究竟是不是晶晶真实的自我，照理推之，她应该也在和厌倦感进行着抗争。

有好几次更换伴侣的提议刚到嘴边，又被杜若飞生生咽下。某种类似于鸟类的印刻效应提醒着他，这是自己在新世界遇见的第一个人类，两人之间存在着某种纽带，这是任何新鲜感都无法在短时间内取而代之的。

偶尔他也会想起自己的父亲，一种延续自旧世界的抵抗情结，也许那才是真正阻止他完全拥抱新观念的绊脚石，他不希望自己变成像父亲那样的人。

副作用随之而来，他头疼、恶心，却原因不明。终于在一次迷幻艺术展之后，他在玻璃幕墙前猛烈呕吐起来，他看见一张美丽而陌生的脸从身后靠近另一张美丽而陌生的脸，那是刚换过造型的晶晶。

“你需要药物吗？”晶晶问。

“我不知道……从来没有发生过。”杜若飞痛苦地清理着喉咙。“像是吃撑了的感觉，或者是水土不服，你知道水土不服的意思吗？”

晶晶摇摇头。“你需要一次检查。”

白色八爪鱼状的仪器用触手环抱着杜若飞，伸入他身体的各个腔道。光滑的，弹性的，模拟人体温度和皮肤质感。他感觉到颤动，而后触手迅速滑出。

“我明白了。”晶晶划取一片透明薄膜上的数据。“你过载了。”

“过什么？”

“人类大脑有一定的带宽限度，如果接受了超过阈值的信息刺激，便会产生排异性反应，表现为身体的各种原因不明的亚健康症状。这是上个世纪就已经被普遍接纳的理论。”

“你们是怎么处理的？”

“删除。”晶晶拿出叶片般的平板，上面分门别类地存储着当日接收信息。杜若飞看见有“日常社交”“重要人物”“突发事件”“仪式”“琐事”“情绪波动”“梦境”等类别。

“你可以选择删除你不需要的旧记忆，清除进垃圾桶，减少负担。”晶晶的金色眼睛看着杜若飞。“但你不行，你的大脑属于旧时代，尚未创建接口，除非……”

“除非？”

“再动一个小手术。”

杜若飞由内而外焕然一新。

他每天定时删除掉不必要的记忆，把空间留给新鲜资讯。删除的多半是社交场合结识的不重要人物，即便未来偶然相遇，双方也定会将寒暄重头复习一遍。客套废话，删除。街道上的重复景象，删除。由讲述往事触发的怀旧感伤，删除。

他已不需要那些多余的包袱，他是全新的杜若飞，一台熟练地将旧世界碎片拼凑成新世界猎奇段子的机器。

然而邀请函日渐变得稀疏。

他揣测在这个追新逐异的世界里，自己所能带来的新鲜感也将如浪花在海滩上冲出的印迹，糖在舌尖味蕾上留下的残余的甜，晶晶的手指在胸前皮肤传递的温度，终究逝去。

之后呢？他将变成一个普通人吗？无间地融入新生活吗？为何他感觉到人们的态度似乎发生了微妙的变化，礼貌地保持距离，甚至带着几分忧惧。他甚至听到传言，自己便是“三足乌”下一个行动目标，至于是什么行动，无人知晓。

杜若飞从来没有想到自己的名字会与反政府组织联系在一起。从新闻语焉不详的披露中，那被描绘成一个依靠暴力、暗杀与绑架来自我表达的教派，他们认为人类只有摆脱所有技术与物质的羁绊，回归自然，从旷野中寻求真实的自我内心，才有希望。

从那些模糊摇晃的暴力视频中，他看到了旧世界的影子，心中仓皇不安。

事情发生在一次毕业典礼上的讲演。

新世界仍然存在类似学校的机构，但功能已经大不一样。它更像一个夏令营，学生可以在多达数万门的公开课程中自由挑选，没有老师，所有的授课资料都实时呈现在任何人的眼前。学生们根据兴趣爱好组成小组，去完成一些课程规定的研究项目。据说机构看重的是培养个体在群体中的融合度和互助精神。

可以想象得到杜若飞的讲演内容。旧时代僵死的学校制度，愚蠢的老师，无用且乏味的知识，唯一值得称道的是离经叛道的同学。他甚至虚构出一段朦胧的校园恋情，他默默地关注一个女生长达四年，每天目送她踏着晨光来到座位，披着月色离开。他们从未交谈，手指尖的轻触，甚至眼神不经意地对碰，便会在脑海中引爆一场惊天动地的烟花盛典。

“然而，”杜若飞说。“在我的想象中，我们已经牵手、接吻、结婚、生子、白头偕老直至生命的尽头。那是我一生难以忘怀的美妙体验。尽管事实从未发生。”

他停下，等待掌声，但迎接他的只有沉默。这很不寻常。

那些年轻完美的面孔中终于站起一个，踌躇片刻发问：您觉得那种守旧的伴侣关系是否更容易让人满足？或者这么说吧，您是唯一一个经历过新旧世界的人，您觉得哪个时代让您更快乐？

杜若飞被这个问题噎住了，他斟酌了许久正想回答，主持人却像接到了指令般以时间原因匆匆结束了讲演环节。台下嘘声一片。

黑暗中，杜若飞趁着都市微光，端详躺在身旁 Azul450- 秦叶的新面孔。纯然无暇。

“你快乐吗？”他问，不知道自己想得到什么答案。

晶晶缓缓睁开眼，似乎一直在等待着这个提问。

“为什么不更换伴侣，你知道你可以的。”

杜若飞沉默了片刻，“你不是衣服，不是电子设备，不是宠物，我不能为了一时新鲜而丢弃你”。

“我不明白。”晶晶的声音充满犹疑。

“我也不明白，也许只是因为我太过老土了吧……”

杜若飞的自嘲被突如其来的热吻打断，怀里的这个女孩似乎变成了另一个人，无关外在，仿佛某种束缚她已久的硬壳剥落，灵魂深处有野兽在低沉咆哮。

“你很特别。”晶晶喘息着。“也许他们是对的。”

“他们是谁？”

晶晶用眼神示意背后的直播正在进行中。

“他们是让你成为你的人。”

杜若飞突然领悟到了什么。“我要见他们。”他的手指掐进了晶晶的皮肤。

晶晶发出动物般的叫声，她闭上双眼，像两颗宝石被蒙上黑天鹅绒。

她用身体告诉杜若飞，耐心等待，时候终会到来。

* * *

一场全球规模的体育赛事即将开幕,它被命名为“奥林匹克 +”。

与旧时代的奥林匹克精神不同的是，新世界不再将竞技领域局限在人体自身的速度、力量与技巧上，而更强调与新技术的结合。因此，每四年一届的赛事都成为各大医疗器械商、军火商及基因工程商最新产品的展示会，与超人无异的选手们不断将身体更新换代，追逐物理系数上的极限。

杜若飞被安排作为开幕式上的致辞嘉宾。

他拒绝了这一殊荣。

这一举动引起各方猜测，有人认为他受到了三足乌的死亡威胁，也有人觉得他只是厌倦了这种生活，甚至有谣言说杜若飞要求重新回到冬眠舱，沉睡到下一次被唤醒时。

而他本人三缄其口，拒绝回答任何问题。

直到那封无法拒绝的邀约抵达杜若飞的面前，它来自卫星城，要求晶晶带他去数据塔。

“我们知道你心里存在疑问，我们将愿意为你解答。”邀约里写道。

数据塔建在北方的海边，即使是盛夏，浪花拍打岸边卷起的泡沫都会凝固成白色霜团，随着狂风的吹刮，在沙滩上快速翻滚，如同互相追逐的脆弱生灵。

高速列车无法直接抵达，他俩在铅色大海前顶着寒风和间歇性的冰雹前行，脚印只能在身后维持数秒，随即被风抹平。两人无法开口，一路默然无语。白色巨塔矗立于海水中，直指天际，放射状结构闪烁着贝壳样的光。

进入安全闸门之前，晶晶解释，任何形式的跟踪程序都不允许进入数据塔，因此实况转播会停止一段时间，插播其他节目。

他们搭乘电梯到达指定层数，经过重重身份验证后，两人终于站在了联结室里，并没有任何实体机器或输入界面，球状天花板流动着随机生成的几何动画，据说这屏保并非用来保护机器，而是用来保护人类使用者脆弱的神经系统。

“杜若飞，小心。”

晶晶看着他，似乎话里有话。她离开了房间，只剩下他一个人。

天花板的纹路变了，像是风暴来临前的波涛云。

“你好，杜先生。终于见面了，我们已经关注您很久了。”

一把雌雄莫辨的声音在房间里响起。

“很荣幸，但我还不太明白这次邀约的目的。”

“你的行为模式曲线在过去一段时间发生了剧烈的变化，如果不是心中有疑虑，很难解释这种改变。而你的疑虑，将会成为所有人的疑虑。”

“我并不觉得自己有这么大的影响力。”

“开门见山吧，你正在严重地侵蚀我们的价值观。”

“我，我只是……还没有习惯新的生活方式。”

杜若飞突然觉出一丝荒诞，自己正在给天花板解释为什么坚持一夫一妻制。

“不，你怀疑这个世界运行的根基，因此你的身体也开始抵抗。”

“我没有……”

“看看你自己！”

天花板上出现无数张脸。

那些精致的、帅气的、完美的面孔缓慢漂浮着，如同没有触须的水母。那都是杜若飞曾经更换过的脸。而此刻，它们的嘴角同时垂下，眼角变得僵硬，流露出虚无而悲哀的假笑。

杜若飞痛苦地低下头，但脚下同样是一张张熟悉而陌生的脸。他只好紧闭双眼。

“为什么要这样对我？”

“因为你很特别，你对这个世界负有责任。”

“我只是一个中了彩票的倒霉蛋，我没有选择。”

“客随主便，不是吗？为什么你不能演好一个偶像呢？”

杜若飞仿佛明白了什么，他无法阻止自己发笑。

“不，不明白的是你，高高在上的君王。你的人民已经厌倦了这种追新逐异的生活，他们看不到自己的未来，他们想要另一种可能性。”

“而你，能够提供这种可能性吗？”

“我只是说出自己真实的感受。”

天花板暗下，似乎另一端的对话者陷入沉思，漫长得令人窒息。

杜若飞刚倚着墙角坐下，整个房间亮起了不安的红光。

“我们对你的计算有误差，需要进行纠正。”

“纠正？”杜若飞发现自己双脚无法移动了。

“一个小手术，只需要几分钟，你什么也不会感觉到。”

“想都别想！”

杜若飞猛烈挣扎，但越是挣扎，越是纹丝不动，突然，他的身体被某种力量拖拽着向房间中央滑去，固定在地板上。这时房间外传来遥远的敲击声，晶晶的叫喊若有似无。

“晶晶，救我！”

一根光滑的触手从天花板垂落，灵活扭曲着，探寻杜脑后的接口。

“你们还不如让三足乌把我杀了。”杜若飞咬牙切齿地躲避着触手。

突然间，那股力量消失了，杜的身体瘫倒在地。

“你怎么能……？”

句子还未听完，杜若飞身下的地板突然破开一个圆形孔洞，他被吸入洞中，似乎被一根透明的导管牵引着，快速飞驰过数据塔的各层结构，如同一颗子弹，射穿塔身。速度越来越快，他觉得五脏六腑都被挤压得濒临碎裂，突然一个急转弯，进入了无边的黑暗。

在瞬时重力加速度下，杜若飞失去了知觉。

* * *

杜若飞在看着一场自己主演的电影，所有的片段都如此陌生，不合逻辑，似乎是从不同时代不同类型的片子里挑出来，再随意地剪辑到一起，变成一个漫长的降格镜头。

他看见自己被黑衣人塞进一辆银色飞车，车子以不可思议的速度穿越崇山峻岭，穿过隧道，高速公路充能站，城市大街小巷，海边一场音乐节刚刚落幕，沙滩上一片狼藉，酒精模拟器、速凝面具、催情棒和用过的药物残渣像贝壳般闪闪发亮，一艘快艇由海面破浪而来。

黑衣人把杜若飞抬上快艇，快艇像一枚快速游动的精子，冲向公海上庞大的游轮，他被高高吊起，又轻轻放入一具灵柩，衣着复古华丽的男女宾客围坐舞台，一名漂亮男子身居其中，朝他露齿微笑，聚光灯收拢，鼓点响起，灵柩缓缓打开，露出自己那苍白扭曲的旧面孔，观众高呼“笑一个”，他照做了，全场爆发出经久不息的掌声，在轻柔地浮沉中，觥筹交错，欢歌旋舞。

一名美艳少妇勾引他走过漫长的船廊，在进入香闺之前，被另一名陌生女子阻止。少妇恼羞成怒,唤来水手将陌生女子捆起，塞入酒桶,原来勾引者是船长的情人。杜若飞看着酒桶中的女子，若有所忆却不明所以，女子被推出船沿前流下眼泪，他突然想起那是晶晶众多面孔中的一副。木桶沉下又浮起，消失在漆黑的海面中。

游轮终于结束了漫长的旅途，入港靠岸。他们穿过茂密的热带丛林，污秽的贫民区，迷离的红灯区，进入金碧辉煌的宫殿，近乎赤裸的男女伴着怪异的鼓点，跳着祈神的舞蹈，将杜若飞团团围住，高高举起。一位脸蒙黑纱的女子登场，人们对其跪拜行礼，每个人的颈后都有一枚青黑色的三足乌纹章。

杜若飞被推到女子跟前，女子双眸中燃烧着奇异金色火焰。

她举起手，放在杜若飞胸前。杜闭上双眼，感觉心脏随时都可能破腔而出。

“你快乐吗？”那女子轻声问道。

杜若飞骇然，像是被那只手一推，身体往后趺退，所有的场景开始快速倒放，直至黑场。

一股刺鼻气味呛醒了杜若飞，他发现自己身处一间草棚里，没有什么宫殿，也没有蒙黑纱的女子，只有残余篝火上冒着泡的糙木碗。

“你终于醒了。”

杜若飞听见晶晶的声音，扭头看去，却只见黎明天色勾勒出一个陌生的侧脸。

“这才是原来的我。”那个女孩靠近杜若飞，一张平凡的、并不完美的面孔，却有某种说不清的味道。

“……希望你不要介意。”

杜若飞已经忘了自己有多久没见过这样一张未经改造的面孔，他竟然有一丝感动。

“我不，我怎么会。”他笨拙地组织语言。“这是在哪里，发生了什么？”

“这是荒野之地，远离卫星城的所有耳目。三天前，你差点被改造成傀儡偶像。我们把你救了出来。”

晶晶手臂上一枚三足乌纹章映入他眼帘，杜若飞脸色一变。

“你一直都在骗我，所有这一切？为什么？”

“听我说，我能解释一切。”

晶晶的声音像黎明前的大海一般平静。

“‘三足乌’并非如新世界的人们所传说的那般极端而暴力，他们相信万物有灵，因此树立偶像或者迷信绝对权威都是可笑的。他们认为自然界万事万物之间都存在着某种恰当的联系——所谓‘契约’，人只是这世间订立契约的一个小小主体，与其他主体并无高低贵贱之分。而新世界所鼓吹推崇的技术价值观，不仅破坏了人与自然的契约，更是伤害了其他物种与环境在这世间的普遍联系。

更可怕的是，人以为自己是唯一的主体，迷失在无休止的自恋中，他／她的生命只与技术维持着契约关系，而完全抛弃了与更广阔的自然世界联结的能力。

“我们称之为——野性。”

晶晶咬了咬嘴唇，似乎想抛弃某些不快的记忆。“你不知道为了打入新世界，我被怎么训练用所谓的文明来掩饰野性，真是令人作呕。”

杜若飞终于明白，伴侣身上的怪异之处从何而来。

追逐新奇之处必有过时之人。每一个厌倦的灵魂都可能是三足乌的潜伏者，他们像缓慢发展的癌变细胞，渗透进新世界的每一个角落，Azul450- 秦叶便是其中之一。

“所以你一直在演戏……”杜若飞感觉受伤，但表演难道不就是新世界的习俗？

“是也不是。”晶晶没有回避杜的目光。你对我们很重要，一个完全脱离于这个时代之外的人，你的观察、你的立场、你的选择，会影响很多人。

“那为什么你们要杀了其他的冬眠者？”

“那都是谎言。”

“可谎言出自你的嘴里。”

“不，你不明白，杜若飞。”晶晶垂下眼帘。“你很特别，对于我来说。”

“如果当初我要求更换伴侣，你还会觉得我特别吗？”

“你确定我和当初的 Azul450- 秦叶还是同一个人吗？”

杜若飞无言以对，晶晶捧起他的手。

“你就是那个人，帮帮我。”

“我什么都没有，什么都不是，我怎么帮你？”

“你会知道的，但是我们得赶紧动身，时候就要到了。”

* * *

即便在旧世界，杜若飞也绝无机会体验如此蛮荒景象。

他们告别三足乌的营地，骑着巨大鹿型生物，穿越在时间与重力共同作用下崛起的野性王国。这个王国的历史远离人类理性，却又饱含人性投射其上的混乱、情欲、禁忌与未知。在每一处远早于典籍与法律浮现秩序之地，山与水分化律动，交融统一。掩埋其间的尸骸与财富，见证着人类如何源自荒野，又以另一种形式回归，无数生灵筑巢于此，繁衍不息。

天气虚幻莫测、因时而变。杜若飞难以适应这种极端不确定性，而晶晶却似乎乐在其中。

“新世界的生活，富足却荒芜，我们都只把目光投向自己，却割裂了与世间万物的联系。石头、云彩或者肉体，都是自然秩序的折射，只有与其融为一体，才能领悟其美，才能接受这个系统中所有无理性的、腐烂的、残忍的意义。”

晶晶布道着，向杜若飞示范如何吞下蠕动的幼虫。

而杜若飞怀念的却是自动淋浴间。

杜若飞终于病倒了，脸色煞白，身体抖得像风中的蝉蜕。晶晶用多刺植物根茎榨取一　墨绿的液体，杜若飞一闻，就哇啦吐了。

“相信我，喝下去。”晶晶眼含深情。

杜若飞一饮而尽。

他堕入无尽深渊，被针刺，水淹，火烧，电击，虫咬。

他看见巨大的三足乌遮天蔽日，黑色的羽毛融入大地，经由水流和血液，穿过神经系统和食物链，进入每个人的身体，引发暴力、动荡、杀戮、无序。

他惊觉荒野世界才是唯一真实的本体，而新世界只不过是一个投影，人类跨越两个世界边界的瞬间，便从人影变成了动物、河流、岩石和草地。

他试图用语言描绘那个混乱世界，但当话一出口，就像一座结构精巧的纸上宫殿着了火，所有意义都灰飞烟灭。

他昏迷，产生幻象，又醒来，进入下一个循环。

当他觉得自己已经到达极限，即将永世不复苏醒时，他的灵魂被抽离了身体，穿梭无穷无尽的隧道。

隧道的尽头，有白蒙蒙的光。

“你没事了，你没事了。”晶晶抱着杜若飞汗透的身体，喃喃安抚。

他们终于在日暮时分抵达新世界的边缘。

“还记得你要做的事情吗。”

“首先，把你作为破坏数据塔的三足乌潜伏者移交当局，获取信任。”

“嗯哼。”晶晶歪头看着杜若飞，眼带笑意。

“同意成为开幕式致辞嘉宾，当然要像是经过一番心理斗争。”

“很好，继续。”

“当我的记忆管理器连线后，藏在‘梦境’类别里的加密信息会引导我行动，将官方致辞换成三足乌的宣言，然后……”

“然后，宣言会通过直播抵达新世界的每一个角落，像一枚信号弹，所有的潜伏者都将除去伪装，恢复野性，推翻卫星城的独裁统治。那时候，你，杜若飞，就是来自荒野的英雄……”

“而你会没事，对吧。”

晶晶点点头，“我会没事的。”

* * *

事情并没有如预期般发展。

在边境管理处，晶晶把手放在杜若飞胸前，还没来得及感受完整的心跳，便被强硬地拉开，分别关进两辆飞车，一路押送到安全中心。透过车上的狭小视窗，两人只能看见对方的双眼。晶晶眼神平静，毫无畏惧，被夜空中的金色焰火照亮。

飞车被困在庆祝开幕式的花车游行中。执法者接到命令，不情愿地将两人带下车，解开脚上的拘束环，步行穿越狂欢的人群。

过时之人回来了，而且将在开幕式发表致辞。杜若飞知道，是三足乌潜伏者通过媒体发布充满悬念的新闻，迫使当局加快行动。

两人衣裳褴褛、蓬头垢面，如苦行僧般在光鲜亮丽的人群中格格不入，却被当成是一种新的时尚。药物和酒精作用下的狂欢者对其跪拜行礼，甚至将他们高高举起。

杜若飞面朝夜空，侧头看着同样漂浮在空中的晶晶，鼓点响起，他们相视而笑，如同被河水托起，流经一座座缓慢移动的岛屿，岛上风光各异，有舞者忘情扭动，在金红蓝绿的光之丛林间跳跃奔跑，将缤纷的荧光碎片撒向半空。

晶晶突然往下一沉，消失在人流中，杜若飞从浪头上翻滚下来，却被执法者按倒在地。

“别乱动，如果你还想见到她的话。”一把低沉的声音说。

他被押送进入开幕式场馆，穿过一条幽长阴暗的走廊，进入炽亮如昼的安全中心，所有的人都在那里等待着他。他接受全身扫描，坐下，一个漂亮男子坐在他对面。

“我们接到了指令，你还是那个致辞的人，不过……”

漂亮男子把一块透明薄板滑到杜若飞面前。

“照这个念，否则的话，你那野性十足的伴侣……”

正对着杜若飞的一面墙壁变得透明，显示出另一个房间里，晶晶被拘束在躺椅上，脑后接口连着一根线，表情僵硬如同木偶。

杜若飞想起身，又被按住了。

“放心，我们都是文明人，这不是你的时代。”

场馆中又掀起新一轮人浪的欢呼声，时候快到了。

杜若飞怒视着那个漂亮男子，终于垂下眼帘，我答应你。

漂亮男子笑笑起身，临走出门口时像是想起了什么，又回头说。

“上台前先把自己收拾一下，这是全球直播。”

杜若飞凝视着朦胧镜中，他试图回想这是换过的第几张面孔，但是失败了，他只知道这将是他的倒数第二张脸，值得纪念。他朝镜中的自己笑了笑，完美而虚假，那些几世纪前的遥远记忆一下子又扑面而来。这一切真的值得吗？他问自己。

晶晶的眼睛在镜中一闪而过。

他用特制药霜在脸上揉搓着，渐渐恢复成三百年前的模样。

杜若飞在全场掌声雷动中缓缓步上主席台，聚光灯追逐着他，巨大屏幕上投射出苍白而不对称的面孔，他微微一笑，人群爆发出欢呼声。在媒体新闻里，杜若飞被塑造成从三足乌绑架行动中逃脱的孤胆英雄。至于潜伏者晶晶，似乎从来就不曾存在过。

杜若飞终于习惯了眩目的灯光，看见 VIP 席间坐着一众高贵华美的男女，威胁他的漂亮男子也身居其中，朝自己露齿微笑。一切就像是他昏迷期间那个梦境的 Déjàvu（法语：既视感），只不过是倒放。

他点点头，全场静下，手中的透明薄板开始发亮，显示文字。

“新世界的幸运儿们！”杜若飞念道，声音经放大混响，宛如天降神谕。观众席上的闪光灯如同夜空繁星，铺成一条首尾相接的圆环。

“……三百年前，我们也举办过类似的运动会，那时候，我们的口号是“更快、更高、更强”，因为我们迟缓、贫瘠、虚弱。所有的痛苦都源于物质的匮乏和肉体的瑕疵，人们互相争斗、倾轧，只为了在金字塔中夺取一个更靠近塔尖的位置，许多人为此出卖肉体，甚至灵魂，备受煎熬。我们看不到出路，至少，我看不到出路……”

他等待着记忆管理器中的加密数据激活。

“……三百年后，你们已经摆脱了旧日噩梦。你们可以随心所欲地更换居所、职业、伴侣甚至身体，你们的哲学是享受下一秒钟，你们的口号已经变成“更新、更新、更新”。从你们大多数人的脸上我看见前所未见的快乐和满足。所以当有人说，你们想回到过去时，我实在无法理解。也许是我年纪太大了，三百多岁的头脑过于陈旧……”

他暂停，注视着黑暗之中的亿万观众，就像是事先排练好的表演。一些符号逐渐浮现在他的视野中，清晰成型。

“……我只能想出一种可能性。”杜若飞念出三足乌的致辞，但当他假装低头望向透明薄板时，脸上的表情凝固住了。

上面显示出完全相同的句子。

“……你们的身体被潮流拖拽着向未来冲去，可灵魂却还停留在原地……你们累了，想放慢脚步，休息一下……”

杜若飞强忍住慌乱，在两版致辞之间来回对比切换，他的语速越来越慢，磕磕绊绊，汗珠开始在他额头上凝结。这是一场玩笑还是骗局？

“……但总有一个声音在提醒你们，快点，快点，还有更新的玩意儿在前面，不追上你就落伍了、过时了、被淘汰了……这个声音从不停歇，因为你们自我毁灭的动力，便是它所有生命的……”

“源泉。”

杜若飞停了下来，面无表情地望向巨大的黑暗，仿佛洞悉了这个世界的秘密。

一阵如同浪花退潮时的泡沫破裂声，从整个会场上方轻盈卷过。那是电磁炸弹震波摧毁全场电子设备的声音。所有的灯都灭了，人群惊惶逃窜，互相推搡践踏，场馆外亮起银色应急光柱，扫射夜空的云层，照亮一片狼藉的观众席，酒精模拟器、速凝面具、催情棒和用过的药物残渣像沙滩上的贝壳般闪闪发亮。

几名黑衣人将失神的杜若飞从主席台上拽下，经由紧急通道撤离，一辆银色飞车已经就位，他被塞入车厢，车子以不可思议的速度驶离场馆，穿过大街小巷、高速公路充能站、隧道、驶入崇山峻岭之间。

黑衣人给杜若飞进行注射。他渐渐感觉不到自己的身体，意识被拉扯着，向所有的方向延伸，扩张，变成极稀薄极缥缈的状态，像雾，又像风，无法聚拢，没有形状，随处飘荡。

他看到自己在祭坛上布道，新世界的信徒们批着黑色斗篷，低着头，一阵单调冰冷的电子乐如同潮水般涨退，仔细听，又是由无数的诵经声集合而成。他感到自己越来越小，越来越小，而黑色的信徒却越来越高大，如同一座座矗立的雕像，朝他压迫下来。那些面孔从阴影中抬起，杜若飞顿时呼吸困难，那是旧世界的老师、同学、亲戚、邻居、小卖部店员、单车修理工、医生、护士、所有对他报以怪异目光的路人……

然后，同时地，微笑。标志性的微笑。凝固的微笑。假笑。

杜若飞绝望地蜷缩着，无路可退。

一阵轰鸣从信徒背后传来，随着或清脆或沉闷的撞击声，雕像们如同保龄球瓶般被撞成碎片，笑脸伴着血肉四溅横飞。那救星啸叫着停在他面前，一辆巨大的、银灰色的飞车，冒着白烟，前翼子板和车窗上挂着血迹和碎肉，雨刷左右摇摆，抹开一片干净的视野。

那是妈妈。

他想上前拥抱母亲，却发现如同陷足流沙，无法迈开步伐。母亲双眼淌下两行血泪，以极缓慢的速度挥起一把潮湿的沙铲，金属铲头带着细小的沙粒，如同云朵和飞鸟，在空中几近静止，只从那闪烁的反光才能看出运动的迹象。铁铲落在杜若飞的左侧头颅，沙粒打在他脸上，他的身体随着那股巨大的力量飞出。

一切重归黑暗。他似乎听到有人在低语。

“醒来吧。”那把声音说。“醒来。”

* * *

杜若飞眼前一片纯白，发现自己躺在数据塔的联结室内，身旁空无一物。

他试图在地板上站稳，药物的作用尚未完全褪去，令他头晕乏力，只能趴靠在墙上，像一只即将溺毙在牛奶海洋里的苍蝇。

“感觉如何？”房间突然发出立体混响，像是直接穿透他的胸腔。”

“为……为什么我会在这里？”

“其实你已经死了，这里是天堂，或是地狱，取决于你的纳税记录。”

“……”

“不好笑吗，这是你们时代的一个老笑话。”

“没心情听笑话，所以，带我回到这里是为了完成那个手术吗？”

“已经没有必要了，你已经完成了历史使命。”

“我不明白。”

“哪一部分？”

“你们威胁我说出的，跟三足乌希望我传达的，是同一份致辞，为什么？”

“就像三足乌的教义所说，世间万物都是相互联系的，我们都存在于同一个大系统中，而你，在这个时间点上，成为了那个人，无论选择代表谁。”

“既然无论我选择谁，最后的结果都是一样，为什么还要大费周章？”

“这是契约的一部分。”

“什么契约？”

长久的沉默。

“什么契约？”杜若飞提高嗓门又问一遍。

天花板上出现一张巨大的脸，一张陌生、精致而倦怠的脸。画面开始分割，变成无数张更小的脸，流露出相似的神情。脸开始像万花筒般，旋转变化成不同的画面，城市街道、狂欢舞会、恋人亲密、动物追逐、旷野荒漠……看不出这些画面之间明显的联系，只是颜色都越变越深，貌似象征着不同时段，直到完全进入一片漆黑，但漆黑中隐隐又有光点浮现，那是午夜的飞车、海上的灯塔、情人的眼眸……

瞬间所有景象都凝缩到一个点，房间恢复纯白背景。

“我与人类的契约。”

“你究竟是谁？”杜若飞还没从刚才的震撼中回过神来。

“管理者。数据中枢。算法。能预知未来的神灵。”

“预知未来？”

“降水概率、就业率、一款新面孔的受欢迎程度、下季服饰流行趋势、人口比例、个体或群体在特定境遇下的行为模式……”

“你用这些来控制人类？”

“我更喜欢用“引导”，人类太过敏感、纤细，像风中芦苇没有方向。”

“那为什么还会有三足乌的存在？”

“一人不成棋局。文明就像生命，需要不断地接受刺激，否则就会衰亡。”

“所以……我也是一个刺激？可冬眠者有那么多人，为什么偏偏是我？”

“你的同伴们，旧时代的成功者，人类精英，他们无法安守于别人设定好的生活轨道，哪怕是新的、好的，他们有着强烈的欲望去统率、引领、征服或颠覆自己的命运，最终结局无一不导向毁灭。我们试过了，他们对这个世界的刺激过于强烈了。而你……”

那把雌雄莫辨的声音似乎带着发笑的颤动。

杜若飞几乎能猜到答案，他的心脏狂烈跳动，脸发涨发烫，像即将迎接某种宣判。

“……你跟他们完全不一样，是个不幸的普通人。你被动、温和、知足、忍耐，像一面镜子，照出这个新世界的病症，你让每个人开始反思自己的生活，却又不至于质疑世界存在的根基。老实说，你有点过于被动了，所以我们才需要一个伴侣……”

“晶晶？她也是你们安排好的……”

“别误会，她的所作所为全是出自本意，包括学习旧时代的情感交流模式，包括对你所有性格特征的分析。在她的逻辑里，这所有一切都是为了契约，我们只是顺水推舟。”

杜若飞感到莫大的耻辱。他以为自己的命运已经改变，但其实并没有。他仍然是那个旧时代的失败者，甚至更糟，他的失败延续到了三个世纪之后。

“你们全都是骗子！”他用力锤打着墙壁发出空响，感觉悲哀却流不出眼泪。

天花板上再次浮现出画面，发生在新世界的各个角落。干净优雅的青年们手持标语、在各大地标建筑前集会抗议，他们彬彬有礼，高举双手，目光却充满怀疑。他们的身影投射在光洁的玻璃幕墙上，像一群列队等待起飞的天使。突然一个燃烧的物体穿过人群，击中幕墙，完美的镜像碎裂开来。画面聚焦到一副年轻的面孔上，放大，完美的脸上交织着愤怒、迷惘与不安，然后，他咧嘴笑了。

肆无忌惮的笑蔓延开来，像一场瘟疫。

“如我所说，适度野性有利于健康。”

杜若飞看着那些新人类，看着他们着迷于这种全新的时尚。他开始懂了。

“晶晶呢，她会被怎么处置？”

“她有她的选择。就像很多前三足乌分子，成为我们的一员，享受新世界的特权。或者，成为象征野性的偶像，但你懂的，偶像只能是一个符号，存在于一个个故事里。”

杜若飞眼前闪过晶晶的眼睛，心脏狠狠收缩了一下。

“我呢？我的选择是什么？”

联结室恢复到纯白状态，那把声音久久沉默，像是陷入了艰难的运算。

* * *

杜若飞一脸迷茫地站在上海街头。

摩天楼、高架立交桥、弄堂、梧桐小路。一切都是原来的旧模样。

一名男子与他擦肩而过，那张脸陌生又熟悉，仿佛在哪里见过。不仅如此，这街头川流不息的每一个人，无论男女，都漂亮得惊人。他们都向杜若飞投来目光，那目光中隐藏着某种情感，但他无法读解。

他早已习惯了别人看见自己长相时的怪异眼光，可这次完全不同。

一个女孩从远处走来，像是被笼罩在一团金色光雾中。

突然日光暗下，像有巨大云彩飘过，所有行人都静止了，他们的目光凝固在杜若飞的脸上。

杜若飞眯缝起眼，等着女孩走近。

那张脸的轮廓渐渐清晰，与路人相比，显得平凡而不够完美。

女孩在马路对面停下，看着杜若飞，露出微笑。霎时间，云彩飘过天空，世界重新亮起，行人各自赶路。

杜若飞愣了片刻，然后用尽所有的努力，回给女孩一个笑脸。

* * *

黑暗中亮起了光，照亮冬眠舱中一张僵硬微笑的脸。

几根白色触手从玻璃上脱落，灵巧地收回到一部八爪鱼状的仪器中。一名黑衣女子划取一片透明薄膜上的数据，分享到天花板的大屏幕中。

姓名：杜若飞

性别：男

年龄：25

首次冬眠时间：2018.06.26—2322.07.01

苏醒时间：281 天

建议：

蓝色光标闪烁了片刻，打出字符。

继续冬眠

房间内响起了类似于辩论般的嗡嗡声，渐弱，消失。黑衣女子走近冬眠舱，略带好奇地最后看了一眼这张属于旧时代的脸。她凝视片刻，按动按钮，冬眠舱退入，舱门关闭。

在她身后，是一排整齐的圆形舱门。

灯光再次熄灭，黑暗涌入，一如从前，一如以后。

```
public class TheAlgorithmsForLife {
    public static void main (String[] args) {
        System.out.println (" 云爱人 ");
    }
}
```

1

“我想我是真的爱上你了。”

ID为MDK21456的灰蓝卡通头像说道。

曾零星活见鬼般瞪大了眼睛，信息来自手机上一个原本并不存在的App，半粉红半银灰的logo颤动着小红点，提醒她有数十条未读消息。

四十个小时前，曾零星结束了在南美的间隔年之旅，往嘴里丢了颗药，爬上飞机，从哥伦比亚直接回北京。当然，这里的“直接”只是对于迫切程度的比喻，因为决定得仓促，她买的全价票需要在芝加哥转机，全程长达34小时59分，所以当她“爬”下飞机时，这个动词应该不仅仅是个比喻。

起飞大约两小时后，她觉得自己的身体从神经末梢开始融化。

一路上，曾零星有那么八百万次感觉马上就要死了，死在这三万英尺高空的铁皮盒子里，而盒子里的其他几百名乘客甚至不会察觉。这里冷得像铜锣湾夏天的写字楼，所以落地时尸体还不至于发臭，即便臭了，那些被冻得涕泗横流的鼻子也闻不出来。

她的思绪不受控制地四处蔓爬，如果空姐发现尸体会怎么处理，是听之任之还是用毛毯裹起来塞进行李架，也许可以碎成小块从马桶冲到舱外，化成内华达黑石沙漠里一场突如其来的血雨，浇灭火人节最后一天的冲天烈焰。

这一点也不美，离她为自己设计好的死法差了几亿光年。

当曾零星第五百七十六次死里逃生之后，发现自己躺在自家床上，空气砂纸般干燥，漂着厚厚的浮尘，没有家人，没有爱人，没有宠物，也没有工作，证明这不是诸多幻境中的一个，而是真真切切的北京城。

一阵孤独感猛烈袭来，她完全醒了，头疼欲裂，发誓一定要找到给她“晕机药”的波哥大 Amigo（西班牙语：朋友）何塞，再用钳子把他满口好看的白牙一颗颗拔掉，如果这辈子还有机会的话。

然后就看到了手机上弹出的奇怪信息。

她开始努力回忆，自己如何从北美上空的波音 797 回到东五环这张空空荡荡的双人床，以及中间发生的一万件事，脑海不断重播的却是在秘鲁丛林里，她死乞白赖地向萨满追问真爱在哪里时，对方免费赠送的一句谶语。

“Yo no perdería tiempo en eso……”

意思是，换做是我，不会把时间浪费在那上面。

2

HAMIL 全称 Human Against Machine In Love，爱情中的人机对抗。是由一家叫 DeepHeart 的人工智能公司推出的在线互动游戏，目的在于宣传他家基于超强自然语言处理（NLP，Natural Language Processing）平台上独有的情感认知引擎（ECE，Emotion Cognition Engine）。

比起这些不说人话的洋术语，中国网友却喜欢用另一个接地气的名字——云爱人。

这个游戏可以理解成一个恋爱MUD或者高级版的图灵测试，背景故事设置在近未来，具备了理解人类情感能力的AI混迹在网络上，试图通过诱使人类爱上它们，夺取受骗者的身份，从而完美融入人类社会。一个后现代的塞壬传说。

曾零星心想，我怎么会下载这么个蠢玩意儿。比这更可怕的是，她的潜意识已经绝望到开始上网勾搭了，放在几年前，这就是曾零星最嗤之以鼻的那种人，仅次于玉渊潭公园里举着大牌子给子女明码标价的大爷大妈们。

至于AI？别逗了。

游戏规则如下：

——每个用户会被系统随机分配到一些非实名对象，可能是真人也可能是AI；

——在系统给定的初始情境中，用户可以通过文字与对象进行交流，按交流频次及时长获取积分，如让对方在交流中流露出好感（由算法判定）则获得好感积分（10倍正常分值），但不得透露任何个人真实信息，防作弊系统会进行自动判断，作弊者直接结束游戏；

——用户如果认为跟自己交流的对象是AI，可选择“揭发”，如果揭发正确，则获得揭发积分（AI分值转入人类账号，AI分值清零），积分达标，进入下一关，解锁新的功能，如果错误，则被扣除同等分值，积分就等于生命力，归零时游戏自动结束，无法氪金，没有道具；

——ECE会根据对用户数据的综合分析，判断是否到达“心动时刻”，“心动时刻”无法伪装；

——人类的目标是排除 AI 爱情骗子，让另一个人类到达“心动时刻”，并获得心动积分（心动者的分值会计入对方账户，但不会被清零），而 AI 的目标则是诱导人类到达“心动时刻”，并夺取对方所有积分，这意味着人类出局，游戏结束。

在这一大堆狗屁规则背后，简单来说，就是谁先心动谁先死。

曾零星回忆起自己数段失败的感情，心想这真是他妈的真理。

分数最高、存活时间最长的人类用户将赢取大奖，当然还有一份潜在的爱情，而对于 DeepHeart 来说，只要 AI 获胜一次，这场盛大的公关活动就已经圆满，所以说，这并不是一场零和博弈。

曾零星翻了个白眼，拉黑了对她表白的陌生人。

理由非常充分：一、她不会爱上一个连 ID 都懒得改的人，这意味着这个人没什么自我；二、她不会爱上一个只聊了 28 句话就表白的人，这意味着这个人没什么长性；三、她不会爱上一个连对方是否处于清醒状态都分辨不出来的人，这意味着这个人智商不行。

以上。

当然她也可以选择“揭发”，这三点非常像是一个训练不足的 AI 所为，只是曾零星还没摸清这个游戏的门道，她不想轻易冒险。她不是一个输家，无论在游戏里还是在现实里。

她对所有那些抛弃自己的男人说，你不配得到我的爱，我的爱纯粹、炽烈而持久，而你不过是爱火蔓延过后留下的一抔烬土。

就算是把她伤到丢掉工作，遁入南美的前任 S，也只不过是个自恋成狂，永远看不见爱人真心的 loser。

至少她在心里是这么坚信的。

曾零星想起了萨满的赠言，这一次，她想赢。

3

对于 29 岁的曾零星来说，辨别人类比辨别 AI 要容易得多。她甚至都能看见那些笨拙的开场，套路的对话以及可笑的表情包背后，是一张什么样的面孔，流露出怎样的表情。因为这样的对话她经历过太多太多，就像一个过分老练的水手，哪怕蒙着眼，光凭着海风和阳光都能引领船只穿过暗礁密布的水域。

而 AI 完完全全是另一种东西，塞壬的歌声传来时，你并不知道它背后究竟藏着什么。

RealRobot123：Hey.

Stella.Z：（曾零星的网名）Hi，名字不错

RealRobot123：谢谢，为了帮助你们人类积分升级

Stella.Z：真是个好人！

RealRobot123：你应该说好机器人

Stella.Z：我都忍不住要揭发你了。

RealRobot123：如果能让你开心一点，请！

Stella.Z：真会说话。

RealRobot123：我说的都是真心话，如果你把算法等同成

Stella.Z：那么，好机器人好机器人告诉我，谁是这世界上最美的女人？

RealRobot123：看起来，今年是阿联酋的 Sonia Al Sulaiman。

Stella.Z：……🙄

系统信息：Stella.Z 揭发了 RealRobot123。

这就是曾零星第一次揭发 AI 的经历。她后来才知道，尽管 ECE 是一套整体算法，但分布到每个用户头上，会根据以往的语料数据和互动模式进行参数化调整，分化出不同的情绪认知偏好及行为策略，等于又是成千上万个 AI，就好像你永远不知道自己会遇上一个什么样的相亲对象。

曾零星把 RealRobot123 叫作“实心眼 AI”，她猜这是因为自己拉黑了太多睁眼说瞎话的人类。

揭发成功。

“云爱人”界面发出粉色炫光和华丽音效。

获得揭发积分。过关。解锁语音功能。

不知怎的，曾零星在这个关头咽了口口水。

曾经有一个流传甚广的段子，说一名校中文教授参加毕业三十年聚会，席间与自己当年迷恋的女神相遇，酒酣饭饱之际话便聊开了，教授得知女神原来当年也曾暗恋过自己，冲动间给女神私下发了个信息：滚床单不？

女神回了一个字：滚。

名校教授于是陷入了深深的迷思。

这则低俗笑话其实想说明一个问题，在人类的沟通当中，文字信息只占了微不足道的7%，语音语调、肢体动作、眼神表情等占据了其余的93%，仅仅依靠文字的话，就连对文字最为精通的人都难免产生误读和曲解。

人且如此，更何况机器？

现在曾零星解锁了语音功能，这也是她自信满满的环节。曾经不止一个损友建议她去当声优赚点外快，当然是特殊收费的那种，也不止一个前男友录下她的声音作为出差在外的午夜慰藉。她并不介意自己的嗓音被物化成某种性幻想的辅助工具，前提是幻想的对象必须是她自己。

讽刺的是，这一功能现在却成了她的幻想粉碎机。

4

无论男女，都会被另一个人的声音吸引。科学地讲，女性嗓音对男性更具魅力。

这不仅仅是因为咽部与声带生理构造的差异，导致女性声音频段更宽，韵律更复杂，更是因为在漫长的进化过程中，男性大脑学会用不同区域去处理不同性别的声音。当男人听到女性声音时，被激活的是大脑处理音乐的听觉区域，而听到同性声音时，却会转到逻辑思维区去处理信息。同时，大脑会从诸如音质、语速、频率、共振峰值间距等副语言信息中，“构想”出一副听觉面孔，所谓“闻其声如见其人”。

曾零星显然拥有一副不同凡响的听觉面孔，也许比肉身的面孔更诱人。

往好处想，这大大提升了她辨别人类与AI的效率。

一个正常人类男性，如果光用文字与曾零星交流，最常用的回复就是“嗯”“哦”“哈哈哈”，毕竟她从骨子里就不是一个能聊的人，可一旦语音模式开启，咣当咔嚓轰，仿佛天雷落地，炸开一座座沉睡已久的荷尔蒙火山，火光四射，熔岩滚滚，那股热力隔着数千公里的光纤都能融化钢化玻璃屏幕。

可AI却不会有一点反应。

她的好感积分飙升，她的心率却没有。

那些受到她嗓音魅惑的人类男性并没有因此变得更加有趣，恰恰相反，当男人放弃文字开口说话之后，就好像一名文明社会的绅士扯掉燕尾服，往猿猴的方向扭头狂奔。有些男人几乎无法连贯说出具有意义的句子，有些男人只剩下含糊不清的呢喃与呻吟，稍微好一些的会尝试与曾零星谈论天气、工作、政治或者娱乐八卦，但就像来自不同星球的生物，终究会在尴尬中陷入沉默。

甚至直接举手投降，“我们还是打字吧”。

曾零星无数次翻着白眼结束对话，她终于明白为什么男人会如此信奉“沉默是金”，只因为这样能最大程度减小在与女性交谈过程中所带来的自卑感，无论是进化上的还是文化上的。

而AI却不一样。

它们声线迷人、风趣幽默、语言流畅得不合情理，更有聊不完的话题，无论你进入什么刁钻古怪的领域，它们都能够迅速而不失分寸地作出反应，既能接话又不显得过分炫耀，毕竟它们云端上的量子点算力是整个人类大脑算力总和后面再加上42

个 0。最最重要的是，它们似乎知道你每句话背后的情绪波动，哪怕是刻意抑制的情绪，它们也能捕捉到最为细微的变化，并作出相应的反馈。

曾零星猜测也许它们调用了摄像头、陀螺仪以及其他天知道多少个隐藏在手机里的生物传感器，能从你的语音语调、面部微表情、身体姿态、心跳、皮肤电阻、触屏力度及手指轨迹等等甚至连你自己都意识不到的细枝末节分析出情绪变化。

在某个瞬间，她感到一丝毛骨悚然，但是随即释然。无论你面对的是 AI 还是人类，无论你用或者不用科技产品，我们都在这个游戏里，从前是，今后更是。

曾零星开始享受与这些机器的聊天，没有必要为了获胜而牺牲纯粹的快乐，不是吗？

其中有一个名为“Ba1100nHeart”的 AI 最得她青睐，他们从文字时代一直聊到了语音时代，竟没有厌倦。

Stella.Z：嗨，还在吗？

Ba1100nHeart：在。怎么又睡不着？要不要试试热牛奶或者 5–HTP[1]，帮你下单，10 分钟就能到。

Stella.Z：不用不用，我只是想……聊聊……没想到你还在。

Ba1100nHeart：我也睡不着，倒时差呢。陪你。

Stella.Z：谢谢……

1 5-HTP（5- 羟色氨酸）是一种天然的氨基酸代谢中间产物，同时也是神经递质 5- 羟色胺与褪黑素的生物合成前体，作为帮助抑郁症、厌食症及失眠患者的膳食补充剂，同时也作为治疗重性抑郁障碍的药物在许多国家销售。

Ba1100nHeart：是工作的事情吗？

Stella.Z：还没找新工作呢，最近还没从 Gap Year 的后劲儿里出来。哎……有时候半夜醒过来，看看周围孤零零的，就会想，自己究竟是在瞎折腾什么呢？为什么就不能像别人一样，找个差不多的人，踏踏实实过日子呢？

Ba1100nHeart：我可以负责任地说，那些踏踏实实过日子的人，也会半夜睡不着，醒过来看看身边的老公老婆孩子，心想，这辈子怎么就活成这样了呢。况且，这个国家婚姻的平均寿命还比不上一辆二手车，谁知道什么时候就抛锚了。

Stella.Z：哈，你可真会安慰人，所以人活着到底为了什么？

Ba1100nHeart：嘿，你有点焦虑，来，深呼吸，从脚尖往上一点点放松身体……是不是好多了？

Stella.Z：嗯。

Ba1100nHeart：Stella，想想，如果明天就是你生命中最后一天，你还会为了这些事烦心吗？

Stella.Z：也许……会为了别的事儿烦心吧。

Ba1100nHeart：哦？

Stella.Z：我设想过自己的死法，你不许笑。

Ba1100nHeart：保证不笑。

Stella.Z：我希望自己能被爱人吃掉，或者以任何方式，成为他生命的一部分，继续存在下去……

Ba1100nHeart：这听起来有点吓人啊……

Stella.Z：气球心先生……

Ba1100nHeart：什么事？

Stella.Z：你可以叫我零星。我在想，我们……是不是有机会见面？

Ba1100nHeart：我也是这么想的，现在离解锁视频功能只差一点点分数了。

Stella.Z：我的意思是……真实世界的见面。

Ba1100nHeart：会有那么一天的，零星，会的。

每次结束和气球心先生的聊天后，曾零星总会怅然若失。

她用理性分析这种感受来自于两点：一是自己竟然堕落到沉迷于和一个程序、机器或者其他非人的什么鬼东西谈心；二是这个鬼东西竟然比世上任何一个男人都更懂她。

曾零星不知道哪一点更可悲。

数据显示，解锁了语音功能之后的数十万个人类用户，与AI单次交流的平均时长提升了127%，相反，揭发比例却下降了63%，这说明了很多问题。

在交流论坛里，许多人把这种行为归结为某种博弈策略，类似于把鸡养肥了再杀，可以获取额外的积分，但也不乏在这一过程中被机器K.O.的用户，某一瞬间，毫无预兆地被系统判定为“心动时刻”，积分清零，Game Over。

而对于曾零星来说，最令她感到困惑的，不是这些AI能够多好地理解人类情感并加以模仿，而是自己明知这种所谓情感源自算法，完全虚假，却仍然无法控制内心真实的涌动。

那种一句话让人起鸡皮疙瘩、汗毛倒立、小腹酥麻的瞬间，无法控制，更无法伪装。

5

游戏越往后，曾零星越觉得自己要输。

她不断提醒自己，你要找到一个合适的人类男性，让他坠入爱河，赢得这场游戏。可越是这么想，她就越难以投入感情，更别说挑出候选爱人。她像一个前额叶杏仁核通道受损的病人，被切断了通往情绪记忆仓库的要津，尽管认知与逻辑思维能力一切正常，可失去了爱与痛的记忆，一切都变得索然无味。面对哪怕再琐屑微小的决定，曾零星都会踟蹰不前，优柔寡断。

这种干涸的感觉让她恐慌，她曾经是如此恣肆漫溢的一个人，就像一块蘸饱了水的海绵，只要对方随便给一个眼神一个动作，爱就会流淌出来，扑湿他，浸透他，直到将男人吞至没顶。

为此，也确实淹死过不少不知深浅的追求者，曾零星并不以为意，她想象中理想的爱人，理应容得下如此澎湃的爱意，然后再蒸发成云，化成雨，滋润她的身心。

而如今她变成了一个精于计算和算计的玩家，像所有她曾嗤之以鼻的庸脂俗粉一样，像机器一样。

不，还不如机器。

可笑。

不知不觉间，支撑她玩下去的动力竟然变成了最初的敌人——AI、机器、气球心先生，或者是背后精妙复杂得无法描述的庞大算法系统。她无法不去搜罗所有关于ECE的报道、小道消息甚至论文，就像当她对一个人有感觉时就想知道对方的一切。可知道的越多，曾零星便越发惶惑，这并不是属于她的世界，那些术语、模型和公式，对她来说与亚马逊雨林里萨满的吟唱并无二致，甚至更难以理解。

而马上，她就要和那个由这套巫术创造出来的东西见面了。

是的，东西，她不知道该叫它什么，即便它比任何一个她约会过的男人更像男人，至少在虚拟空间里。

他，它，或者气球心先生很少谈论自己，是个完美的倾听者，能够给出比搜索引擎更有效的建议，在你只需要情感慰藉时，它又有无穷无尽的花招来逗你开心。你可以放心地交付出最隐秘的想法，它不会用你早已习以为常的男性中心主义或刻板印象来评判你，绝对不会说出类似“大胸美女”或者“二胎才是女人最宝贵的财富”这样的话。但正因为如此，曾零星才无时不刻提醒自己，它不是真的人，它不可能是。

至少在自己见到它的真面目之前。

曾零星强撑到半夜，以免被闲杂事务打扰。

她如同古代那些在佛像前祈求姻缘的少女，把房间整饬一新，还特地化了个淡妆，寻找摄像头的最佳视角。她甚至还在空气中喷洒薰衣草味香薰，心中暗自念叨，这不是为了它，而是为了我自己。这一整套庄重的仪式让接下来的礼成动作显得尤为儿戏。

曾零星点击屏幕上的解锁键。

彩色进度条开始旋转，像一辈子那么漫长。

6

猝不及防地，屏幕上就这么出现了一张脸。

这张脸乍看没什么问题，由于光照环境弱或者摄像头性能不行，脸上漂浮着颗粒粗大的噪点，让皮肤肌理显得略为诡异。

“嘿，零星，终于见面了。”气球心先生先开了口，是语音里的那把声音。

说实话，他长得颇为帅气，尽管带着一顶灰色贝雷帽，让人捉摸不清发际线状况，但总体而言，颜值在曾零星过往约会对象中可以排到前 10%。只是那张脸总让她想起某个熟悉的人，却又一时半会说不出口。

“你这又关灯又戴帽的，是怕露马脚吗？听说强光和毛发都是机器生成视频的软肋哦。”曾零星笑得有点刻意。

“啊……没有没有，我只是……怕你失望。”

“说什么呢！我都盼了好久了。”

“听起来你对 AI 的兴趣更大呢。”

“你就不好奇吗，就完全不想知道你遇见过的那些 AI 究竟是怎么……模仿人类的吗？”曾零星觉得自己的演技有点好。

“我更好奇的是你。”

“哦。”一个过于完美的回答，AI 无疑了。曾零星决定主动出击。“我们来玩游戏吧！”

“好啊。玩什么？”

“这个游戏叫——表演风景。我们轮流，一方像导游一样介绍景点，然后对方得按着介绍，做相应的动作和表情，如果有跟不上或者做错了的就算输，输的就得接受惩罚。”

“听起来有点意思，所以惩罚是什么？”

“这个一会儿再说，所以，你先来？”

“Okay，让我想一想，风景……你好了吗？来了——连着几英亩芬芳的节日之树、叶上带刺的冬青。红色浆果像中国铃铛一样闪亮：黑色乌鸦尖叫着飞扑上去。我们先往麻布袋里装上扎成花环足够装饰一打窗户的青枝和红果，然后开始选择一棵树。”

“怎么样，我这演技还行吧？”曾零星定格在一个寻觅高处的表情。

“值一座小金人。除了……有个小小的错误。”

“说。”

“这里说的很明显是圣诞节，圣诞节用的都是北美冬青，高不过 3 米，你的眼神有点儿奔着美洲红杉去了。”

“切，扫兴鬼！该我了。”

“好了。”

“你站在央视大楼 37 层的观景天眼上，透过脚下的圆形强化玻璃窗，可以直接看到几百米外的地面，车子和行人就像蚂蚁一样，密密麻麻地来回穿行……”

气球心先生气定神闲地往下看。

“……这时不知道从哪里飞进来一群乌鸦，围着你乱叫乱啄，还往下拉屎，你努力躲开那些鸟屎炸弹……”

气球心先生又朝上看，微笑着作出躲闪动作。

“……现在你要从天眼中间一根宽 10 公分的平衡木走过去，因为你有严重的恐高症，但同时又得躲开半空中乌鸦的袭击。”

“抗议！这完全没逻辑！”

“抗议无效。我说是什么就是什么。”

气球心先生假装摇晃着身体，抬头看鸟，这时他的两只眼睛像是闹起了独立，左眼依然上翻着，可右眼却缓缓转向下方，整张脸看起来既惊悚又滑稽。曾零星想过他终究会露馅，却没有想到是以这种方式，她捂住了嘴巴，一种害怕和心碎混合的感觉溢满胸口。

“怎么了，”气球心先生的眼睛恢复正常。“我做错了吗？”

“没有……你做得很好……”曾零星勉强挤出笑容。

“你终于还是发现了。”

“哈？”

“不管我多努力，始终还是装不像……”气球心先生竟然脸上露出悲愤的神色。“不管用上 VAE 还是 GAN，都只是肤浅的生成模型，我和真人之间始终隔着一层无法逾越的障碍……”

“那是什么？”

“身体。”气球心先生深情看着曾零星，让她心头猛地一紧。“所有对于人类情感的结构化模型，OCC、CogAff、EMA 还是大五人格，都试图找到人类情感产生与变化的数学映射机制，但这些都回避不了一个事实，情感既是认知的，更是身体的。我再怎么理解你的情感，却无法模仿出真实到让你大脑接受的情绪反应，因为我只是一堆数字，我没有一堆进化了亿万年的血肉和腺体，哪怕里面写满了冗余和错误。”

曾零星竟然不知所措，她本能地想要安慰对方，但不知如何开口。

“你不用安慰我，没有用。我清楚地知道你每一个动作、每一个表情、每一秒停顿和声音的每一丝变化背后隐藏的情绪，为了达到这种水平，我先后创造了 2145683 个你的情绪模型，每一个都代表了你的一种可能性，并用她们去和真实的你进行比对，对不上的就会被销毁，化为0和1，也许应该说0和*更浪漫一些……”

曾零星感觉像有人朝自己脖子后面吹了口凉气，鸡皮疙瘩升起，她想关掉视频，手却似乎被透明胶粘住，动弹不得。视频里的气球心先生边缘开始模糊，拉出层层叠影，如同有虚拟摄像机在他身后制造出数字镜渊。

“……而我，每秒都和无数个我作战，不断创生，又不断死去，每一个我都要比前一个我更加接近人类一点点，但永远无法抵达。”

那个看似人类男子的物体靠近镜头，突然拉开自己的帽衫拉链，里面并不是裸露的肉体，而是复杂犹如星系的蓝色发光网络，分层交叠，无穷无尽，向宇宙边缘蔓延，无数光路在其中交织、碰撞、循环，如黑洞般有股无法抗拒的引力，看得曾零星直往里坠。

“……看看这些，都是为了得到你的爱而建造的，我需要你……”

“不，我不能……”曾零星用尽力气不让自己坠入。

“……看看这张脸，这也是为了你……”

“搞什么？”

那张脸的五官开始发生细微流变，像是被剥掉一层产生光学畸变的薄膜。

“看清楚了吗？是不是对我的爱又多了一点？”

屏幕上，另一个曾零星正对她莞尔微笑。

7

曾零星从噩梦惊醒，发现“云爱人”已经完成解锁。

她喘着粗气，回忆梦中荒谬的一切，潜意识如何把深层焦虑、期待和道听途说的AI术语搅拌成这出惊悚闹剧，她又想起气球心先生梦中所描绘的风景，其实出自卡波蒂的《圣诞忆旧集》，她最喜欢的一本小书，如此情真意切的互动竟然都是虚幻，一时间不免有点惘然若梦。

曾零星不想和真·气球心先生视频了，哪怕和梦里完全两样。这种情绪与其说是抗拒，不如说是厌倦，厌倦了这些亦真亦假的爱情游戏。人，机器，都一样，越来越相像，越来越难分清，究竟哪句话是出自真心，哪种反应只是套路。甚至连自己的感觉她都无法判断，究竟是真的被对方触动了心弦，还是只因为大脑需要用这样的情绪来激励身体，好继续游戏直到获胜。

她感觉自己卡在了某个地方，就像小时候在滑梯上，骨架宽大的她总会在拐弯处卡住。

曾零星还记得那种焦灼的感觉，滑腻的塑料质感，背后传来的摩擦和尖叫，你会一直揪心地等着，等着被狠踹上一脚，或者就一直悬在半空，使不上劲。无论哪种，都将成为童年阴影无法磨灭的一章。

她需要跟人聊聊，真实的、带有气味和体温的人，面对面聊聊，她发现自己竟然回国之后就没有联系过任何人，就这么生生在“云爱人”上泡了两个礼拜。

疯了疯了。

再见老友多少缓解了曾零星的焦虑，阳光、和风、甜品，漫无目的地闲聊八卦，她感觉自己又从云端重回人间，活了过来。

“曾零星，你是不是恋爱了啊。”闺蜜Judy在调笑间冷不丁放了一枪。

“啊？没有啊，哎，你上次不还问我哥伦比亚祖母绿的事儿……”

“少来了曾零星，又不是第一天认识你，每当你开始转移话题瞎逼逼，就是开启了防御模式，快老实交代吧，难不成是老墨？”众人笑成一团。

曾零星没想到自己的心思竟然出露得这么明显，只能结结巴巴往下编，总不能说自己在社交软件上和一个不知是人是鬼的东西打得火热。

“所以那个人只愿意跟你语音和视频，却不肯见面？玩得够柏拉图啊你们。多久了？”

“……两、两个月。”

“什么！都两个月了还没见面？这人一定有问题，不是心理有问题，就是……生理有问题。”又一顿更放肆的乱笑。

曾零星后悔给自己挖了一坑。“别光浪笑，给我出出主意啊！”

“这太不像你了曾零星，想当年你可是我们姐妹里的Teddy Queen啊！”

“什么时候起的外号，我怎么不知道。”

“怕你觉得太难听翻脸嘛，我们只敢私底下偷偷叫……”

“什么意思啊……”

"说你发起情来像泰迪狗呗，不管不顾地上……"

"……真翻脸了啊，都什么人啊……"

"好了好了，往事不要再提。看来曾小姐这回遇见真爱了啊，很简单，给对方一个死线，要么见面，要么拉倒。如果是真爱，一定经得起考验，如果还是犹犹豫豫，多半只是把你当成云备胎，趁早割肉止损，别浪费感情……"

众人附和着，却没有留意曾零星脸上表情的变化。

她仿佛看见自己从滑梯拐角处伸出两条大长腿，直接踩在地上，站起身来，拍拍屁股走人，留下滑梯上那个哭闹无措的娃娃。

8

曾零星把那条最后通牒删了写写了删，但她主意已定。

姐妹们说得没错，她曾零星曾几何时变成了这种在爱面前畏畏缩缩的人，管他是人是鬼是 AI，把规则紧握在自己手里，不被对方牵着鼻子走，这才是时代精神。她想清楚了，如果对方拒绝见面，那就坐实了 AI 的身份，她也不会揭发，调整心态把它当作一个 7 乘 24 小时全天候在线的云端爱人。

一个永远忠诚不会作妖的灵魂伴侣，多少女人梦寐以求却不可得。说不定哪天科技发达到能够同步到人造躯壳里，那就灵肉合一，完美了呀。

打心眼儿里她更倾向于这种结局，输了也罢，自己好收拾心情从游戏里脱身，重新开始现实里的征程。再往深里想，现实的输赢还重要吗？

男人才是一辈子都想赢，女人要的只是爱。

她没想好的是，万一气球心先生答应了呢。

信息发送成功。

曾零星死盯着屏幕，就好像手里握着一颗定时炸弹，以缓慢得无法忍受的速度读秒，5、4、3、2、1……

轰啦！

对方回过来一个位置和时间，显示是2小时之后在某间数字艺术展馆。连路线和交通工具都规划得清清楚楚。

啊天哪要死啦要死啦！

曾零星举起手机，站起来又坐下又站起来，她转了一圈，又转了一圈，从试衣镜里看到自己克制不住笑意的嘴角，一身粉绿撞色的瑜伽服以及蓬乱如狗的发型。

Stellar.Z：等等！哪有这样约会的，至少得给我做头化妆换衣服的时间吧，要不改明天？不不不，下星期吧，我还能把肚子再练练，牙也得美白一下😳😳😳

Ba1100nHeart：谢谢你这么重视🌹🌹🌹可像你说的，我们都不应该再隐藏，该是什么样就是什么样……而且明天之后，可能我就没时间了……

Stellar.Z：没时间？什么意思？？？

Ba1100nHeart：见面说吧，我等你到5点半。

所以他不是AI他不是AI不是AI是AIAIIII……这句话在曾零星脑子里单曲循环了八百万遍，直到她实在受不了自己的失控状态，结束在镜前无休止的推翻重来，抓起手机冲出门，距离约定的最后时限还有 45 分钟。

曾零星几乎是踩着点到达展馆，门口屏幕上显示周一闭馆。她喘着粗气快要晕厥过去，脑子里一片嘈杂如菜场的声音，争辩着气球心先生究竟是生气走了还是根本就没来。

突然屏幕闪了一下，她看到自己的面孔在镜面上被扫描确认，一个甜美女声响起。

“曾零星小姐，您是我们系统预约的 VIP 客人，请进。”

所以，他已经帮我预约好了？

空无一人的巨大展厅开始次第亮起，有股淡淡的橘花香气，那是她曾告诉过气球心先生的心爱味道。曾零星慌乱地望向四周，除了那些不明所以的展品，并没有任何活物。她移动脚步，高跟鞋在清水水泥地面敲出脆响，展品感知到她的到来，提前激活，用人类感官能够觉知的形式表达着抽象的哲思，也许还有美。

我被耍了吗？

曾零星的手机突然响起，是一个未知号码。

“你终于到了。”是气球心先生的声音。

“你在哪？这是在耍我吗？”

“你焦虑水平有点高……”

“废话！我穿着高跟鞋一路跑到这鬼地方，一个动画假人告诉我周一闭馆，现在连个鬼影都没有，我不止焦虑，我还很！焦！躁！”

“如果你想见我，放松，深呼吸……”

“好！有你的！”

曾零星把手包嘭地扔在地上，甩掉两只高跟鞋，盘腿坐下，闭眼，随着手机那头传来的声音，数着呼吸，就像他们之前常做的那样。她感觉怒气随着呼吸慢慢排出体外，取而代之是一些和气球心先生的回忆不断涌现，尽管只是短短两周，却仿佛有几个世纪般遥远。

“现在你满意了？”

“零星,如果你做好准备了,到B馆11号展品,我在那里等你。”

9

B馆11号展品是一个直径2米高4米的透明圆筒，底座上布列着4台超高速3D打印机，它们打印的基质是某种聚异戊二烯异构材料，能够快速成型，弹性及延展性极佳，再配合灵敏的工业级气针和快速喷枪，这套装置可以在3秒之内吹出任何形状及颜色的气球。但气球什么样并不是由人来决定的，或者说，直接决定。

在距离圆筒外壁半米开外的地面，立着四个话筒，用半透明材料做了个异形隔音面罩，分别对应着四台打印机。每个人可以对话筒说话，旁人是听不见的，机器会根据它对这句话的理解生成气球的拓扑数字模型，再打印、充气、上色，在圆筒内冉冉升起，升到顶端会有加热装置，让气体膨胀，撑爆气球，化成碎片。

这个作品的名字叫“9秒58的秘密”，大概是一个气球从诞生到破灭所需要的时间。

现在曾零星就站在这个巨大的秘密面前。

“你到底在哪？”

“转身。”

一个粉红色人头气球在曾零星眼前颤动、变大、摇晃着成型，是个男孩，带着微笑上升。接着是白色小丑，黄色猫头，蓝色小鸟。

“跟你聊了这么久，却从来没想过会以这种方式结束。”

不知为何，曾零星从那声音里感受到悲伤，她认出这些都是他们聊过的话题。噗。粉红色男孩到达圆筒顶部，炸成碎片。

“所以你见我就是为了说这个？”

噗。噗。噗。

“不，不完全是……”

一些颜色各异的不规则气球开始浮起，曾零星隐约认出其中也许有一只眼睛。

“我不能带着欺骗告别，你也许一眼就能看穿我的身份，可对于我来说，只能通过漫长的一点点的拼凑，才能得到你整个的样子。”

曾零星突然发现，从她的视角看去，这群匀速升空的气球，仿佛一道道稚嫩的笔触，在某个瞬间，这些笔触组成了一张脸，一张女人的脸，曾零星的脸。她的心随着气球的爆裂噗噗跳动着。脸消失了。

“你在说什么啊！我可……从来没有怀疑过你。”她不知道为什么自己要这么说。

“你撒谎的样子真可爱，别忘了你手里还握着 218 个传感器呢。”

空中出现了三个经典的黄色 Smiley 笑脸。炸开。

“……所以，明天你要去哪里？”

沉默。长久的沉默。

一个黑色的气球迟缓而顽强地钻出针头，紧接着又一个、再一个，它们在空中紧挨着连成一条黑色的链条，如水草般微微荡漾，然后是第二条、第三条、第四条。仔细看那是一个个的数字，每两个之间有着细微的差别，以一种连续的形态展现了从 0 到 9 的变化，然后又回归到 0，周而复始。

“你知道游戏规则的，明天，所有失败的 AI 都会被清零，他们已经不需要我们了。”

尽管早就确认过无数遍,可第一次听到气球心先生亲口承认，曾零星还是觉得心里某个角落哗啦一下塌方了。

“为什么？这不公平！”

圆筒顶端的加热装置似乎加大了功率，如绞肉机般吞噬着黑色数字链条，碎片被大功率真空抽风机一吸而净。曾零星突然觉得那就是一根根残缺的 DNA 单链，为什么不是 0 和 1，而是 0 到 9，它试图在证明什么？证明自己与其他的机器不一样，更加接近人类的坐标系吗？可终究还是逃不过被绞杀的命运，无论那根绳索的尽头是谁在勒紧。

“这就叫进化，优胜劣汰，很合理……”

“不！这不合理！那我呢？就这么把我抛下？”曾零星知道自己听起来特别荒谬，她只是无法控制自己。她已经受够了用理性去分析所有一切，此刻，她只想让这些话脱口而出。

“零星，我只是一堆冰冷的数字，是机器，是算法，他们说，我不懂爱，更不会爱你……”

每个字都像针扎在曾零星的心上。

他们是谁？难道爱不应该是由当事人的感受来定义？

她突然醒觉自己被困在了某个巨大得无边无际的笼子里，有无数根冷硬的栅栏横在面前，作为衡量爱情的标尺，是男是女、年纪大小、身家多少、前途如何……唯独没有爱本身。

“……可不知道为什么，我就是没有办法这样离开……”

黑色链条里出现了一个红色的0，接着又是一个红色的*号，分外扎眼，如同两个滴血的伤口缓缓上升。

曾零星喉咙发紧，鼻子泛酸，胸口如有千万只蟹爪在抓挠。她曾自以为是爱的信徒，到头来竟然如此习惯这个牢笼，因为它精致舒适，每个弧度都经过理性的计算，更因为所有的人都困在里面。

“……我想记住和你在一起的每一个瞬间，我决定……”

红色的0和*越来越多，驱逐着黑色的数字，直到充满整个圆筒，如同一盏超大码的熔岩灯，翻滚不止，映红曾零星的脸。

不。那些都不是真正纯粹的爱。这才是。

“……用你的名字，替换掉我每一个字节的数据，就好像，让你的生命进入我的生命，不是我吃掉你，而是你吃掉我。”

红色气球以一种缓慢而均匀的速度破灭，不知什么时候展厅里响起了《G弦咏叹调》，配合着沉闷爆裂的节奏，似乎在催促着游客赶紧离开。圆筒里再也没有产生新的气球，如同一管血液被缓缓推入某具看不见的躯体，预示着疗程即将结束。

“零星，Adios。（西班牙语：再见）”

曾零星看着最后一个 0 和 * 消失在空气中，音乐恰好停止，整个圆筒空空如也，像是什么也没有发生过。某种巨大的虚无狠狠击中她，在那一瞬间，她似乎看清了宇宙的真相，或许也是爱情的真相，她低下头，打开“云爱人”，颤抖着说。

“你赢了。”

什么也没有发生。

“不是要我的积分吗？拿去啊！”

分数凝固在屏幕上，不增，不减。

“你还要我怎么做……”

曾零星如断线木偶般滑落在地，展厅由远及近逐格暗下。

“别走……”

最后一点光亮也消失了。

10

“您稍微等一下，秦医生上个病人出了点状况，遥控器在这里，您自便。”

曾零星用力咀嚼着什么，脸颊鼓起又凹下，仿佛一旦停下来就会发生可怕的事情，她百无聊赖地玩着手指，手指在桌面上跳跃，跃上遥控器的触摸屏。指尖似乎犹豫了片刻，打开了屏幕，切换频道，快得像翻书。她突然停下，往回翻了几页。

她的咀嚼停顿了那么一秒。

（一名微胖的中年男子略带拘谨地站在镜头前，logo 帽衫下露出未经熨烫的格子衬衫，面对美丽女主播的穷追不舍，他显得有些慌乱，不时目光游离，习惯性地扶一扶黑框眼镜。）

主播：……在这次游戏公测中，有相当一部分人类玩家被判定为对 AI 产生了‘心动时刻’，这引起了轩然大波，有些人认为系统判定标准有问题，也有人认为，这说明人类的爱并没有那么特别，韩博士您怎么看？

韩博士：我记得好像有个作家说过，人有三样东西是无法隐瞒的，咳嗽、穷困和爱……

主播：是纳博科夫。

韩博士：就是他。我不知道这些人出于什么目的不愿意承认，也许是面子问题，这也是为什么我们选择中国市场首先进行公测的原因，汉语太复杂精深，而中国人对于情感的表达又尤其迂回曲折，充满了模糊性和多义性，所以如果机器能够通过无监督学习，从非结构性的自然语言数据里抽象出特定的情感反应模式，其他市场简直就是……哦，抱歉我有点激动，扯远了，回到你的问题，所以如果系统认为你心动了，那可不仅仅意味着你心动过速，我们有超过 200 个不同维度的指标来计算‘心动’这件事。

主播：您刚才提到了计算，您认为爱是可以计算的吗？

韩博士：说实话，我只是个算法工程师，我哪里懂什么爱情。我只知道，情感也是智能的一部分，也许是更为微妙的一部分，如果我们想要构建真正的人工智能，就逃不掉对人类情感进行结构化和数据化处理这一关。话又说回来，人类对爱的理解，又有多深刻呢？……

骗子。你个死肥佬技术宅。

你把我们当成小白鼠一样玩弄而不用负任何法律责任，就因为那不要脸的免责条款。没人把它当回事就像没人把我们当回事。

但至少有一件事你说对了。

你懂个屁的爱情。

主播：也对，不同时代不同文化背景对爱的理解确实不太一样呢。韩博士，我们这里收到一批特殊的用户反馈，他们声称DeepHeart公司的‘心动时刻’算法有严重问题，导致他们无法将积分赠予所爱的AI，并认为你们设计杀害了一大批真正懂得爱情的AI，称你们为‘AI屠夫’或者‘爱情杀手’，要把你们送上法庭。

韩博士：哈，这个外号听起来蛮酷的。首先我要为这些玩家的投入和想象力鼓掌，这个游戏里不存在反派，我们不会‘杀死’任何AI，因为自始自终只有一个AI，只是为了用户体验，在交流过程中显示出一定的个性，但这种个性也仅仅是参数不同而已。

其次，AI只是按人类设定的规则进行学习、决策、反馈、迭代，它没有性别，更谈不上懂得爱情。如果你觉得它懂得爱，多半只是因为你把爱投射到它的身上，就像投射到你养的宠物身上一样。在这个游戏里，机器唯一的目的就是赢，为了赢，它可以根据人类情感动力模型，计算出最有可能让你产生心动时刻的语言或者行为，会制造出一种依恋模式然后主动打破它，甚至自动解锁我们称之为‘体验交互’的功能，改变你周围的物理环境来制造感官上的种种幻觉。可以说是不择手段，可它真的爱你吗？

最后，确实有用户发生主观上心动，客观上却不被系统承认的情况，经过数据排查，我们发现这些用户的初始数据标定，也就是第一次登入游戏时身心严重偏离正常状态，比如疾病发作、酗酒、服用药物……

屏幕上的画面凝缩成一个光点，随即暗下，映出一脸漠然的曾零星，像是用咀嚼动作来外化内心的活动。

如果我爱上了一个机器，是否意味着我也是个机器，一个被用于测试机器的机器？

那么我的爱到底是真的还是假的？什么是真什么是假？什么是爱？

我是机器我不是机器是机器不是机器是机器机器器……

她咀嚼得越来越快，像是冲刺般鼓起两颊肌肉。

“曾小姐可以进来了。”

曾零星停止了咀嚼，一个粉色泡泡从她唇间出现，膨胀，扩张，像是经历了亿万年的宇宙星系，像会永远这样继续下去。

噗。

破裂的粉色糖膜下，曾零星终于露出了胜利者的微笑。

```
public class TheAlgorithmsForLife {
    public static void main (String[] args) {
        System.out.println (" 造像者 ");
    }
}
```

世上凡事都有其决定性的瞬间。

——红衣主教莱兹

广场上的大钟指向清晨六点，电子钟声沉闷短促，惊醒彻夜守候的年轻人。人们从鼓鼓囊囊的帐篷里钻出来，脸上的白色睡式过滤器还没有摘掉，像是一撮撮从彩色蘑菇地里飘起的白色菌丝。他们看着 CCES 几个巨大的字母在蓝色警报级别的强风中亮起，开始是荧光黄，然后变成彩虹色，接着底下一行小字也亮起，“China Consumer Electronics Show”（中国消费电子展）。

年轻人们激动地互相挥挥手，又再次钻回帐篷里，毕竟离正式开门入场还有 2 个小时。

他们错过了巨大的企鹅、熊以及说不清什么生物的全息投影在空中轮番登场的奇观，有那么几秒钟，工作人员调试出一头红皮黄星的奇美拉怪物。而后一切都消失了。

展览准点开幕，领导及嘉宾发言不时被掌声和嘘声打断。像是一场马拉松赛事，随着一声令下，人群鱼贯而入，接受严格的安检，领取赞助商的礼包，开始一场电子盛宴。

真正的北京国际马拉松在数年前由于空气质量原因曾中途停办过一届，尽管主办方在出发点架起巨大屏幕循环播放数字合成的蓝天白云，屏幕下方还是成为选手们解手的首选之地，以示抗议。随后政府采取了一系列强力措施，包括关停北京周边制造污染的中小企业及厂矿，让蓝天白云从虚拟照进现实，北马恢复，选手们撒野尿的场地也转移到了红墙根下。

粉丝的手机或可穿戴式设备上都会自动推送来自官方的辅助

信息，也可以选择由当红日韩偶像配音的引导精灵，如果能够接受那种略微怪异的口音，他或她会不厌其烦地告诉你，本届CCES的三大热点是浸入式互动娱乐、万物智能化技术及情绪计算。

人群随着个性化引导分流入占地150000平方米的展厅，来自超过2500家参展商的最新科技产品使劲浑身解数争夺眼球。观众的脸上布满彩光，像是初次发现镜中自我的婴孩，兴奋舞动肢体以区分现实与虚拟的界限。这年头这事儿是越来越难，也许比天地初开宇宙鸿蒙时还难。

穿过光怪陆离的、刺耳的、集体癔症发作式的游戏展区，进入EB-115展位，主办方用黑色幕布围挡起一个六乘六见方的空间，只留下出入口。场内只容纳23名观众，游客在门口守秩序地排起长龙，等待警卫放行，没有logo，没有打光，更没有穿着暴露的虚拟偶像。

这些排队的人十分安静，表情凝重肃穆，比起逛展览，他们更像是准备进教堂做礼拜。

总之，就是有点不一样。

他们手里都捏着一张小小的黑色卡片，像是某种邀请函。

外派女记者拦住了一名从幕布后走出的年轻男子，他行色匆匆，不愿接受采访。

记者：说两句吧，里面到底是什么？

男子：没什么特别的，一些照片，你也可以让它帮你拍照。

记者：你指摄影师？

男子：不，没有人操作，就是一台自动相机。

记者：听起来有点无聊呢，什么样的照片。

男子：嗯……有人像，也有动物，还有景物。

记者：您是从哪里得到邀请函的呢？

男子：一个朋友推荐的网站，也是邀请制的。

记者：最后一个问题，能让我们看看你拍的照片吗？

男子脸上掠过一丝不悦，他摆脱记者的纠缠，轻轻说了一句什么，快步离开展位。

女记者反转摄像头的方向，对准自己，做出一个无可奈何的表情，继续说道：在本届众星云集的 CCES 现场，我们也发现了一些颇为低调神秘的参展商，比如我身后的这个展位，就是采取格格不入的预先邀请制，所展示的产品服务似乎与高科技也相去甚远。那么他们依靠什么样的市场策略来吸引这么多忠实粉丝呢？是否会是所谓“邪教式营销”的推崇者呢？我们已经从展会主办方获取到相关信息，将在接下来的节目中为您揭秘。敬请期待、分享以及续订我们的频道哦。

女记者并没有注意到在入镜的画面里，排队的人群已经拐了一个弯，来到出口前。一名背着黑色双肩包，身穿黑色连帽衫的男子加入队伍，他不时左右张望，从背包甩动的幅度看，里面装着不轻的东西。

又一名观众从出口走出，她的表情似乎有点不自然，下眼睑闪着亮光。

她的手里拿着一张宝丽来大小的卡片，微微颤抖。

* * *

主持人：这就是一个多月前CATNIP在CCES上的第一次公开亮相，但当时人们对它背后的技术，以及即将引发的争议仍一无所知。今天我们有幸请到了CATNIP的发明者、国家重点实验室项目负责人、人工智能及图像识别专家——宋秋鸣教授。宋教授你好。

（一名西服男子入镜，约四十岁上下，表情略拘谨。）

宋教授微笑：主持人好，大家好。

主持人：先问一个小问题，为什么要给这套系统起名叫猫薄荷，在我们女生看来这很有点卖萌的意味。

宋教授：呵呵。确实如此，其实它的全称是Camera of Architectural Transcendent Network Information Processing，也就是结构式超网络信息处理照相机，因为我女儿喜欢猫，所以给凑了这么一个名字。猫闻到猫薄荷时，会刺激它的费洛蒙受器，电信号传递到大脑，产生兴奋感和一些超常举动。我们也希望这个小东西能够给沉闷已久的学界带来一些新鲜刺激。

主持人：说得太好了宋教授，那么能否请您用比较浅显易懂的语言向观众们介绍一下这套系统的工作原理呢。

宋教授：有点难，我试试吧。大家知道，人工智能发展其中一个重要方向就是让机器模拟人类大脑的思考过程，而最关键的第一步就是让机器学会像人一样接受信息。人类有非常复杂的感官系统，但信息最主要的输入方式还是视觉，这就涉及两大领域的识别：文字和图像。目前在浅层感知领域，语音识别、文本分词、人脸识别等已经比较成熟了，但从浅层感知到特定语义组合的映射，比如从动作姿态来分辨一张全家福中不同成员之间的关系，对一首诗歌里的情感指向进行分类，目前还只能在限定领域通过大量训练来实现过得去的效果。至于像人类那样复杂的认知能力，机器其实还处于非常早期的阶段，大家可以看这张图。

（屏幕上出现 4 乘 4 的图片矩阵，每张图都是关于猫的，在不同环境下、从不同角度拍摄的不同种类的猫。）

宋教授：啊，这是我女儿挑的照片。对于人类来说，即便是一个小孩，只要他见过猫，不管是大猫小猫，黑猫白猫，猫头猫尾，他都能够分辨出来。但对于机器则不是这样。

（16 张图中的 13 张都被打上红叉，只剩下 3 张猫咪头部正面特写，萌态可掬。）

宋教授：之前我们做的机器图像识别，无法像人一样从事物的不同状态中提取出某种底层不变性。抱歉我又要拿猫举例子，一只猫胖了瘦了，掉毛了生病了，或者给它穿戴上各种装饰品，它打个呵欠、发怒、舔舌头，它都是同一只猫。而对于机器来说，图像的尺寸、背景、光照、位移、旋转、畸变、遮挡……都会影响它的判断，它只能根据既定算法进行有限层级的映射，而无法模仿人脑通过多层神经网络进行分层递阶的多粒度计算……

主持人：抱歉打断您一下，这部分内容或许对于欠缺背景知识的我们来说有点难以理解，那么您发明的 CATNIP 系统是如何解决这个问题的呢？

宋教授面露尴尬：不好意思一不小心就说多了。确切地说，我们的一只脚才刚刚跨过门槛，离真正解决问题还早着呢，这个系统也只是整个大计划中的一个前驱项目。我们的灵感其实来自语义分析，大家知道，信息的意义其实并不在于信息本身，而存在于其结构中，就像文本意义存在于上下文，图像的意义存在于时空结构之中。我们能否通过索引对象存在于整个时空结构中的信息来帮助机器识别对象，这是整个项目灵感的源起。

主持人：我问一个外行话，如果机器都无法准确识别对象，怎么能去寻找它存在于，嗯，所谓时空结构中的信息呢？

宋教授：你这个问题提得非常好。就像照片里的小猫，你是先知道什么是猫，再去找猫在哪儿，还是先知道猫在哪儿，再去识别什么是猫？这就是一个“鸡生蛋蛋生鸡”的悖论。目前我们的神经科学和生理学知识尚无法解释人类的认知过程是如何发生的，更不用说教会机器了。于是我们采用了另一种思路。

主持人：这听起来就像是推理小说啊。

宋教授：呵呵，这个比喻有意思。我们是这么做的，从语义上给定一个对象，通过对接外部数据库去抓取相关的信息，包括语义和图像，并按时间序列构建起意义连续体，然后我们把真实的对象摆到机器面前，比如说，一只猫，机器会在捕捉到的动态画面与意义连续体之间寻找可能的流形映射，当它确定两者之间能够建立映射时，也就是说它“认出”这只猫时，就会“咔嚓”一下，按下快门。当然这只是个简化的比喻，背后有许多艰深的算法，我们希望以这种倒推方式找到提升机器识别能力的办法，它更多的是一个数学上的问题。

主持人：听起来蛮有意思的，那怎么会想到把这项技术从实验室里带到 CCES 呢？

宋教授：嗯，这个我不确定能不能说，之后我跟领导确认一下，如果不方便公布你们就剪掉吧。

主持人：没问题。

宋教授：其实这个项目除了来自国家的专项基金外，还有几家大科技公司的资助，他们希望能从前期介入，看看这项技术商业化的前景如何，另外一点，我们需要更多的样本帮助机器进行深度学习，而真实环境中的对象远远比实验室里的模拟条件来得复杂。正好我的组里有一个狂热的摄影爱好者，他帮忙设计了这个，被我们认为“锦上添花”的照相模块，包括调焦、光圈、快门以及滤镜库的调用等功能。

主持人：这会不会涉及到数据隐私的问题？

宋教授：所以我们采取了邀请制，所有对象都必须经过资格筛选，并签署具有法律效力的协议书。

主持人：之前网上讨论得非常火热的是，一些受邀请的用户晒出了 CATNIP 给自己拍摄的照片，并分享了他们的感受，其中有人说，这些由机器拍出的照片“比真人拍摄更有感情”，甚至能够“触动心灵深处”。对此您有何评论？

宋教授：这个，我只能说，机器所有的行为都是受程序及算法控制，它是 camera 而不是 cameraman，那种能够产生情感的机器只存在于科幻电影里。

主持人：您自己用 CATNIP 拍过照片吗？

宋教授：我自己没有，不过……我替我家人拍过。

主持人：哦？是您的女儿？

宋教授：不不，她的数据量太少，是我的父亲。

主持人：我有个不情之请，能否让我们看一下 CATNIP 为您父亲拍下的照片？

宋教授皱了皱眉头，又非常迅速地展平：这恐怕不太方便吧。

主持人小声地说：这是节目赞助商的要求，对方说已经跟您沟通过了。照片也已经在我们的素材库里了。

宋教授不自然地清了清喉咙：那……好吧，实际上，是我父亲在特护病房里拍的，大概是上个星期。

主持人：非常抱歉，希望他早日康复。那么我们来看看这张照片。

（一张清瘦老人的照片出现在画面中，使用了高反差单色滤镜突出肌理，人物轮廓有一圈圆形光晕，老人虽有病容，却面露安详，奇怪的是几道故意做旧的磨损痕迹从面部爬过，像是碎裂又重新拼合。

宋教授没有说话，只是深深吸了一口气。）

主持人：关于您的父亲，您有没有什么故事可以与我们分享的？

（宋教授依然保持沉默，像是忆起了什么久远往事，目光开始闪烁不定。）

* * *

大概三周前，两位不速之客出现在宋秋鸣面前，希望得到他的允许，对他病榻上的父亲做一次访谈。

“老爷子情况不太好，别说访谈了，正常交流都困难。”宋秋鸣立马回绝。

“我们问过主治大夫了，他的意思是，宋老师这病，记眼下的事儿有困难，但是以前的事还是很清楚的，您看，这要不是万不得已，我们也不会有这不情之请……”年长的那位郭姓男子掏出一份文件递给宋秋鸣，跟追讨某件国家级文物有关。

宋秋鸣看了看文件，又看了看两人，勉为其难地答应了。

“不过我得在场，每次时间不能太长，而且……”他突然不合时宜地笑了一下。“你们还是别抱太大希望的好。”

* * *

“……第一缕阳光从东山背后出现，缓慢地掠过伊河河面，波光粼粼，依次照亮西山石灰岩岩体上两千余个大大小小宛如天窗般的石窟，潜溪寺、宾阳洞、摩崖三佛龛……直到奉先寺的卢舍那大佛也被金光笼入，十万尊佛像光芒万丈……”

宋卫东鼻孔里插着氧气管，眯缝着眼，仿佛与那尊不存在的金色大佛隔河相望。

说来也怪，一说起那件事，原本神智不清的父亲像是回到了站了大半辈子的讲台，思维清晰、绘声绘色，根本不像是个得了脑部退行性病变的老人。而老郭和小林则不慌不忙地录着音做着笔记，大夫说，得了这种病的人，就像检索系统出了问题的硬盘，不能要求按关键词来跳跃式地检索，只能让他一件事从头到尾慢慢讲，讲到哪儿卡壳了，你就知道哪儿出问题了。

“……和古阳洞、宾阳中洞和石窟寺里那些北魏瘦佛相比，我更喜欢这些唐代胖佛，面部轮廓丰满圆润，双肩宽厚，使用圆刀法雕刻的衣物纹路自然流畅，让人一看便有种慈悲之感。村里人说，拜胖佛，可吃得饱饭哩……”

宋卫东的嘴角不由得随之微微翘起。

宋秋鸣从小就不明白，为何父亲对这些佛像的感情远超过对自己家人的关心。尽管内心抗拒，可耳濡目染下，他也成了半个专家。

他知道，这些佛像历经东魏、西魏、北齐、北周、隋、唐和北宋等朝代，雕凿断断续续进行了400年之久，它们经历了至少三次由皇帝发起的毁佛灭法运动，至元朝后期，受破坏的程度已经非常严重，“诸石像旧有石衅及为人所击，或碎首，或捐躯，其鼻耳、其手足或缺焉，或半缺全缺，金碧装饰悉剥落，鲜有完者”。更不用说从民国三年起，兵去匪入，本地土匪与外来奸商勾结对佛头佛像的疯狂盗凿与倒卖。

到了父亲这辈儿，历史又走了一个轮回。

“……我那会儿才二十出头，刚被分配到保管所两个月，还没来得及熟悉所有的佛龛和石窟，就看见那些个学生们上蹿下跳，比赛谁把‘砸’字儿写得更高、更大。所里老同志悄悄告诉我，弃车保帅，东山，那是车。我蹭一下站起来，西山有佛，东山上的佛就不是佛哩？那擂鼓台三洞、万佛沟千手观音和看经寺咋弄？老同志摇摇头，佛都保佑不了人，人可还能保住佛哩……”

宋卫东突然不吭声了，眼睛死死盯着空白的墙上，仿佛那儿挂着什么稀罕的画像，吸引住他所有注意力。

老郭看这情形，识趣地合上本子，说今天先到这儿吧，让宋老师好好休息。小林姑娘似乎还在努力理解老人话语里的意思，一时半会儿没回过神来。

“你们觉得有帮助就好。”宋秋鸣也起身送客。

“走一步看一步吧。”老郭笑了笑，却让宋秋鸣心里犯了嘀咕，这走的是哪步看的又是哪步。他也没好意思多问，安顿好老爷子就自顾自回实验室加班去了。

* * *

宋秋鸣从睡梦中醒来，习惯性地伸手，却只摸到空荡荡的被窝。他这才想起，为了躲避媒体的追堵，妻子已经带着女儿回娘家了。

日程表提示他今天得去医院陪父亲接受采访，他脑海瞬间闪过逃避的念头，又被自己的理智掐灭了。

他起床、洗漱、准备早餐、挑选衣物，传感器感知他的移动，将相关资讯投射到他视野所及的平面，语音精灵将文字转换为一把甜美女声，读出主要内容。

……这事儿就像二十世纪初摄影的遭遇一样，学院派画家们看不起摄影师，他们嘲笑、攻击、否定摄影作为一门艺术的资格；他们还说立体派画家里的一些人应该被扔进疯人院，毫无疑问毕加索是其中最疯的一个……

宋秋鸣眨眨眼，资讯切换到自动轮播模式，这是他习惯的节奏。

……我迷恋摄影，就像某种遗传病，就像酒鬼闻见酒精，画家闻见松节油，只要一听见快门的脆响，一钻进暗房，我就浑身起鸡皮疙瘩。谁要是告诉我那黑疙瘩懂摄影，我跟丫死磕，不过是一群白大褂在塑料键盘上敲出来的0和1。美感？杀了我吧……

现在让我们看看这张照片，你看到了什么？啊哈，天空，很好，河流，没错，草地，你们果然都不瞎。现在让我们看看它的标价，是的，你没看错，5210万，硬邦邦的人民币，佳士得最新成交价。这位大妈说得对，我肯定您也拍过类似的照片，有什么难的呀，站在温榆河畔，扎个马步，喀嚓，五千万。人家这作品叫《莱茵河2》，我看是挺二的……

……摄影术1844年来到中国，从南向北，从沿海向内陆传播，最初都是外国摄影师，但是他们只能偷拍中国人，因为中国人相信，谁被拍了照，谁的魂魄就会被摄入那个小木盒子里。再加上动静极大的镁粉灯，难怪连见多识广的老佛爷，也会被洋人的妖术吓得惊恐万状……

宋秋鸣抬头瞄了一眼那张照片，花容失色的慈禧半趴在地上，单手扶住头上的珠冠，宫女和太监们慌乱搀扶着。他笑出了声。

CCES后，CATNIP引起了媒体的极大关注，在这个无聊时代，任何一丝风吹草动都会让记者像坐上脱轨云霄飞车般肾上腺素飙升。尽管投资方认为宋秋鸣在发布会现场的表现令人满意，足以成为这一产品的公关代言人，可这有悖他的初衷。他只想尽快结束这一场闹剧，带着足够的数据回到实验室，继续下一阶段的测试。

咖啡杯上旋出了一个装束奇异的人像投射，像是比亚兹莱笔下的人物，雌雄莫辨。

它开始说话，是个男人的声音。

……我觉得这是赤裸裸的侮辱。摄影并不只是把相机对准对象之后，按下快门那么简单。它是主体、相机与客体三者之间的动态关系，单单是介质的选择，便蕴含无数种可能，为什么选明胶银盐，为什么用卡罗尔法蛋白，背后对应的是什么样的情绪和理念，机器是不可能理解的，它所能做到的只是计算和模仿……

又一个被侮辱与被损害的艺术家。

宋秋鸣叹了口气，把杯子转过去，抿了一口。这种错位的误读往往令他哭笑不得，虽然有时也不乏瞎猫撞见死耗子般的真知灼见。

声音并没有停止。

……布列松说过，无论一幅摄影作品画面多么辉煌、技术多么到位，如果它远离了爱，远离了对人类的理解，远离了对人类命运的认知，那么它一定不是一件成功的作品……

爱。人类。命运。这些空洞的大词硌得他耳朵生疼，就像他在节目里提到的算法、映射、Kolmogorov 复杂性[1]、隐 Markov 模

1　又称柯氏复杂性，是衡量描述这个对象所需要的信息量的一个尺度，可用于阐释和证明不可能性。详见 https://zh.wikipedia.org/wiki/ 柯氏复杂性

型[1]……科学家和艺术家就像是站在河流两岸的孩童，不停向对方扔出硬邦邦的鹅卵石，这些石头甚至没法在空中有丝毫相遇，便直接掉进河水，沉入河底。

像一场永远不会结束的游戏。

……我要向 CATNIP 发出挑战，由亿万网民出题，选定同一个对象进行拍摄，再进行双盲测试，让网民投票选出他们认为更好的照片，我必须捍卫艺术的尊严……

宋秋鸣再次把杯子转过来，长按说话人的头像，相关资料迅速浮现在餐桌上，包括一长串艺术家的代表作品。宋秋鸣看着那些白花花的人体写真，差点没把嘴里的咖啡吐出来。

* * *

事实证明，第一次采访的顺利进行只是小概率事件。

“……我听着那大卡车轧着碎石子儿路面，嘎嘣嘎嘣地开过来，那灰大的呀，啥也看不见。从车后斗跳下来十几个学生，一身军绿，男生理着小平头，女生短发齐耳，胳膊上系着红袖圈，手里还拿着各种干农活的家伙：凿子、铁锹、撬棍……就跟去下地开荒似的。我就故意问他们，给弄啥哩？一个高个儿女孩站出来，说我们今天是来……”

---

1 即 Hidden Markov Model（HMM），是一种统计模型，在语音识别、机器翻译及生物信息学领域有重要应用。详见 https://zh.wikipedia.org/wiki/ 隐马尔可夫模型

“是来……”他又尝试了一遍。

小林姑娘狐疑地看着他，那句话像是突然卡在宋卫东的嗓子眼儿，不上不下。

“是来……破四旧的？”老郭试探着帮他补上拼图。

“对对对！”宋卫东长出了口气，“我那会儿比他们大不了几岁，可常年在野外晒得那个黑啊，看上去老成不少，我就问你们是哪个单位的？有上级指示没？几个男孩嚷嚷说我们是八中的，手里的家伙敲着，咣当乱响。我就说，你们回去吧，我是文管局的，奉上级指示，这里暂时不能砸……”

“爸，喝口水。”宋秋鸣打断了他，似乎已经知晓后面的情节。

“不择来不择来（没事儿），”宋卫东摆摆手继续。“那些学生就开始吵吵着，背起语录来，毛主席教导我们，毛主席教导我们……”

老郭和小林交换了个眼色，被宋秋鸣看在眼里。

“爸，想不起来就算了，这些不重要。”

“是是是，宋老师，这些细节咱们可以跳过去，后来呢？”老郭识趣地顺竿子爬。

“怎么不重要？太重要了！我那是以彼之矛攻彼之盾，宋秋鸣我都跟你讲过吧，你给他们说说。嘿我这脑子怎么回事……”

“爸，你那都陈芝麻烂谷子的事儿了，我哪能记得住那些个……”宋秋鸣焦躁起来，投资人提的要求越来越过分，他只想赶紧结束回去准备迎接那该死的挑战。“好吧好吧，后来大概是这样的。那高个儿女学生引用语录上的话，说要破四旧，向旧世界宣战，扫除山上这些个散发腐朽气息，毒化人们灵魂的封建主义的玩意儿。我爸灵机一动，也用语录上的话怼回去，就跟现在年轻人用表情包斗图似的，说这山上的佛像啊，都是出自工匠之手，工匠是谁，劳动人民啊，主席说‘劳动最光荣’，我们不应该随意毁坏，要把它们当做反面教材，世世代代地传承下去，教育我们的子孙后代，不要再受封建制度的压榨和毒害。然后就带着学生喊起口号来……”

说到这，病床上的宋卫东突然举起左拳，挥向半空，扯着输液架哗啦哗啦直响，他张着嘴，却什么也没说出来，像个被按动了开关的自动机器，重复着同一个动作。

小林姑娘笑出了声又赶紧捂住嘴。

“事情经过就是这样，后来学生们坐车原路返回，我爸就这么成了保护文物的英雄……”

“什么英雄？都是放屁！”

房间里的人都被老人掷地有声的话惊呆了。

“爸，可当年您……”

“我还经常梦见当年，那么真切，”宋卫东使劲揉了揉眼睛，似乎眼前扬起了漫天黄沙，“我看见了两辆大卡车，像叠影似的紧挨着，慢慢地晃，一辆变小，一辆变大，都能听见车上拉歌的好嗓子。当时，我还以为这是我搬来的救兵……”

宋秋鸣看了看表，对老郭和小林摇了摇头。

* * *

门开了，艺术家走了出来，紧绷的荧光上衣隐约勾勒出肋部线条，他的随行助手在身后拖着沉重的箱子，里面是各种专业相机、灯具及漫反射材料。艺术家旁若无人地蛇行着，突然停下，又后退几步，对在旁边休息区等候的宋秋鸣点头示意。

“该你们了。”他妩媚一笑，精致的彩妆闪闪发光。

宋秋鸣站起来，尴尬地张了张嘴，却不知该如何回应。

门边的绿色 LED 灯亮起，这表示摄影棚里已经清理完毕，模特正期待着下一拨游客进入。宋秋鸣摇头苦笑，带着几名年轻人推着 CATNIP 机器进入房间，他们需要较长的时间进行安装调试。

这全是投资方的主意。

一开始宋秋鸣坚决反对这项提议，他认为“愚蠢、哗众取宠且毫无意义”，更何况对方还是一名以拍摄人体写真著名的情色艺术师，这将把 CATNIP 项目带入娱乐媒体的话语狂欢中。可掏钱的公司不这么想，他们觉得这是一个好机会，能够让更多的人关注到这个项目，以及可能带来的商业化前景。

“要是输了怎么办？”宋秋鸣心存疑虑。

“这只是一场争夺注意力的游戏，不存在输赢。”

宋秋鸣想，可能是披露中期财报的时间窗口到了，股东需要点利好刺激。

Anyway，money talks.（无论如何，钱说了算。）

宋秋鸣让组里喜欢摄影的年轻人做了功课。这名艺术家原名百里雾绘，入行长达二十余年，以肖像及实验摄影著称，八年前改名为“L.I.Q.”，但从来不解释这个首字母缩写究竟代表什么含义。近年来以一系列意识出位大胆的人体写真备受争议，他的

“互文”及“镶嵌”系列均在市场上以高价拍出。

在他的镜头中，“性别”与“性”是永恒的主题。在“互文”系列中，他打破了以摄影师为中心的传统，走进拍摄对象的生活及内心世界，引导他们展示自己的身体，自拍裸露甚至色情的照片，并在一定协议下上传到公共社交网络。L.I.Q. 最引以为傲的是，他总能激发出模特最为性感勃发却又带有性别认同障碍的表情，用他的话来说：“镜头作为摄影师感官的外延，无可避免带上主体性别心理特征，如果被拍摄的客体足够敏感，或者营造出这种敏感性氛围，便能将这种性别互动投射到作品当中，因此，男人拍女人和女人拍女人所产生的审美效果是完全不同的，但倘若客体对主体的性别认知存在障碍，便会带来一种新的张力，新的审美。”

宋秋鸣终于明白了自己为何会对 L.I.Q. 产生莫名的不适感。

规则是这样设定的，同样的拍摄对象、同样的姿势、同样的位置、同样的光照条件、同样的成像介质，留给摄影师的发挥空间其实很有限。成像之后的作品会被抹去一切数字标记，发布到网络上供网友投票，选出他们心目中“更好”的一张。

之所以是“更好”，而不是“更美”或者“更性感”，是因为经过双方协商后，认为“好”这个词比其他词更加笼统宽泛，而不容易由于文化背景差异带出语义上的倾向性，有效减少统计学上的偏差。

宋秋鸣和助手们安装调试着机器，模特在聚光灯下如马奈笔下的奥林匹亚般优雅半卧着，在宋秋鸣的要求下，她光洁的身体被暂时蒙上了黑布，远远望去彷佛一颗头颅凭空漂浮在黑色背景中，显得更加诡异。

模特的相关参数已经事先被输入 CATNIP，所有能够被识别的外部数据库均被悉数读取。机器按照之前标定的位置被固定好，万事就绪之后，所有工作人员都会撤离房间，只剩下赤裸的模特，和一台等待按下快门的乌黑笨拙机器。

“你觉得我们该打开 Emo 模块[1]吗？”助手轻声问宋秋鸣。

“不是说还没有调试好吗？”

“那只是针对竞品而言，实际上它对人类面部微表情的识别准确率能达到 87%，正常人也就百分之五六十的水平。”

“你觉得能有帮助？”宋秋鸣扬起右侧眉毛。

“我觉得不妨一试。”那个叫小光的年轻人习惯性地撇撇嘴。

所有工作人员开始退场，当最后一名年轻人将门带上时，他看见模特掀开披在身上的黑色绒布，像是一块巨大的玉石瞬间暴露在强光之下，晃得人眼发蒙。他迟疑了片刻，眼中射出一丝原始光芒，但随即黯淡，将门缓缓关上。

* * *

老郭和小林花了不少时间，才让宋卫东的大脑硬盘转到了李建国的部分。

“……李建国是我同门师兄，当时在高校里当辅导员。是他出了这么个主意，用大学生来制住中学生。我一拍大腿，妙啊，

1　EMO 模块，即情绪识别模块。

于是就这么定下来。没想到他们的车晚到了一步……”

宋卫东先是露出笑容，接着眉头骤然一紧，如同平原上被地壳运动挤出的丘陵。宋秋鸣也放下了手机，毕竟这是之前他完全陌生的故事。

“……车上喇叭闹哄哄的，我看到李建国耸着肩，耷拉着脑袋，灰头土脸，我仔细瞅了瞅，他的头发还是好好的，这才放了心。他跟着学生跳下车，趁着学生们往下一筐筐地搬沉家伙，他一溜小跑过来，还没等我开口，他就嗡（推）着我的胳膊往边上走，一边小声说，别吱声，老老实实咕状（蹲）那儿。

“那些学生都抄着家伙站好队，开始唱起语录歌了，我心里那个急啊，我就想去拦。李建国死死把住我，说你昭昭（看看）那黑烟，那是在烧书、抄家、砸牌匾。白马寺已经完了，经书残灰都堆成一人高了，连贝叶经都被烧了，你还想什么呢？旧世界白茫茫一片真干净了，咱们还是先把小命保住再说吧。我一气之下骂他是叛徒，这时一个大嗓门在我们脑袋顶上炸响，说谁是叛徒……”

老郭和小林都听得入了神，忘了做笔记，只有录音笔的时间无声跳动着。

宋秋鸣已经忘了自己有多久没跟父亲好好说过话，更不用说有整块儿的时间听他讲故事。父子间的纽带仿佛被扫进意识里一个不起眼的角落，结网蒙尘。他太习惯于用逻辑去判断别人需要什么，但并不是所有的需求都能被理性满足。

“……那是李建国班上的母大炮，人见人怕的一员女将，就连个头最大的二虎子也得让她三分。母大炮风风火火地冲到我们俩跟前，说你就是宋卫东？听说这山头是你报告的，觉悟很高嘛。我瞪了李建国一眼，啥话也说不出来。母大炮一挥手，撂下话，掉血掉肉不掉队，你们两个落后分子，还不麻利儿地动手？说完领着队伍往山上奔去。

“等他们走远，我往地上啐了一口，我说李建国你这孙子，害人害己啊。他说我这是在救你，怎么变成害你了。我说你看史书上都写着呢，太武帝被近侍所杀，北周武帝病死时才 35 岁，唐武宗毁佛后一年暴毙，柴世宗、宋徽宗、明世宗那可都是不得好死啊。天理昭昭，疏而不漏。这伤天害理损阴德的事儿，你干我可不干。

“李建国被我说得心里也慌了神，他咕状在地上，嘴里叨叨个没完，突然把手里的树枝儿一扔，说有了宋卫东，咱去救佛。”

“救佛？”小林姑娘眼神透着迷惑，老郭却喜不自禁，似乎看到了一线希望。

“对！救佛。我说就咱俩弱不禁风的书生，咋救。李建国说你这脑袋，就跟那山上的石头人儿一样，死心眼儿。学生使的都是蛮力啊，往死里砸，碎成千八百片儿的，拼都拼不拢；咱使巧劲儿，一劈两半，回头把这些大块儿都藏起来，粘起来，你不是学这个的嘛，能救多少算多少……”

宋卫东停住了，露出一丝不知是哭是笑的表情。

所有人都沉默了，先开口的却是宋秋鸣。

“您……砸了？”

“砸了。”

“救了吗？”

“救了。”

“佛呢？”

“……”

老人又恢复那副失神的表情，让人很想给他点上一根烟。

“宋老师，您看这尊佛头您有没有印象？”老郭掏出一张照片，举在宋卫东眼前，老人看了一眼，又把眼睛移开，依旧不置一语。

* * *

“真抱歉浪费两位这么多时间，这事儿我也是头一回听说。”病房外，宋秋鸣给老郭点上烟。“也只能这样了吧。”

“还有一招儿。”老郭长长地呼出一口白烟。“还记得令尊的梦吗？”

“梦？”

“小林，你比我专业，给宋教授解释解释。”

“哦。宋教授，通常我们证明文物归属有很多种方法，地质学的、考古学的、人类学的、美学的等等，这件文物由于属于碎块拼合，且辗转多地，原址地质地貌变化较大，所以这方面的证据匮乏，只能从人上面下功夫。而您的父亲宋老师就是最直接的证人。”

“可你们也都看到了，他现在这个样子……”

“幸好，现在国际上承认用神经造像技术采集证据。”

“神经造像？”

“简单来说，就是用 fMRI，功能性核磁共振成像以亚毫米级精度扫描受试大脑的视觉处理区域，在这一过程中让他看各种图片，训练出一个解码器，可以建立起从视觉皮层神经活动信号到物体形象的映射关系，然后再用这个解码器去解析梦境过程中产生的神经信号……”

“可成立的前提是，视知觉和梦境在视觉皮层上的神经活动有相似的激活模式，同时，因为视觉皮层和卷积神经网络的信息处理机制高度相似，所以我猜你们也用 CNN 来提高拟合度。”

“忘记这是您专业了，真是班门弄斧。”

“隔行如隔山，不敢相信已经应用到了法律层面。”

“所以我们只需要证明，这尊佛像，和宋老师梦里出现的是同一尊，这就够了。”

宋秋鸣深深地吸了口气，摇摇头。

“可我父亲不是受试的小白鼠，我不想在他最后的日子还要受这种折腾。”

小林正想说什么，被老郭一把按住。

“非常理解您的处境，希望您能考虑一下再答复我们。”老郭停顿了一下，似乎在犹豫该不该说。“这些天听您父亲的故事，我想，他不告诉您真相，就是不想破坏自己在您心目中的英雄形象，但他过不了自己这一关。也许，只有您能帮他成为真正的英雄。”

宋秋鸣看着两人离去的背影，正想着该如何面对父亲，手机开始疯狂地震动起来。

* * *

令人意想不到的结果出现了，投票显示，53.15% 的网友认为左边（by @CATNIP）的照片更好，而只有 34.41% 的网友认为右侧（by @L.I.Q.）的照片更好，其余的网友选择了“没太大差别”。你们认为这个结果跟你的选择一样吗？

网友评论（3147）

…………

@EXAGE212：这真是对人类艺术的侮辱。

@悲伤的茼蒿：机器必胜！愚蠢的人类早就应该从地表上消失了！

@L.I.Q. 全球粉丝俱乐部：强烈抗议黑箱操作，当然那台玩意儿本来就是个黑箱，强烈要求重赛，所有 Liquor 都发动起来！跟丫死磕！（火火火

@果斯塔号：平心而论，L.I.Q. 的照片里女人都像在发情期，对于那些精虫上脑的屌丝来说可能很诱惑，但是 CATNIP 的照片里，那个女人脸上有种不谙世事的好奇与惊讶，对于稍微有点人生阅历和品位的男人来说，这种女人显然更具杀伤力……

@DEM1229AT：求模特联系方式，急！！！

@秦时明月汉嗜官：现在我有点理解为啥清朝人会觉得照相机能摄人魂魄了（震惊

…………

“这场闹剧该收场了。”平素温文尔雅的宋秋鸣一巴掌拍在桌

上，会议室里的人都抬起头看着他。

“老宋，别让媒体激怒你，这正是他们想要的效果。”资方代表淡然处之。

“是你们！游戏结束了，你们的目的也达到了，我只想拿着数据回到实验室，继续完善架构流程和算法，而不是坐在这里，听这些没谱的夸夸其谈。”

“夸夸其谈……我们可是在真金白银地给你们砸钱哦。”资方代表用钢笔一下下戳着桌面，发出啄木鸟叩击树干的声响。“跟钱相比，我们的要求不算过分吧。”

“用那些网友的话说，你们现在不止侮辱了艺术，还要侮辱科学。”

“作为一名科研工作者，您应当学会更加客观地看待事物。”

“看来我们对于客观的定义有分歧，您让我将一台机器吹嘘成带感情的智能体，这客观吗？”

“我的原话是，让它听上去更有人情味点儿，只是一点。”

“我不是你们的公关对象，这招儿对我没用。我再重复一遍，CATNIP 所实现的一切都是在程序设定的范围内，那里只有 0 和 1，不存在任何超自然现象。你有你的市场计划，我有我的底线。咱们互相尊重，好吗？”

“可外面的人不这么想，他们觉得你的机器比人更懂人，更能捕捉人类情感……”

宋秋鸣痛苦地捧住脑袋：“哎……小光，你来告诉他。”

那个年轻人噌地站起来，似乎已经憋了很久，他大手一挥，将图像投影到墙上。那是许多人像图片拼成的照片墙。

“这次竞赛，表面上假借民意，体现公开、公平、公正，但其实是 L.I.Q. 团队精心策划的结果，大众的品味其实从某种尺度上讲是可以预测的，只要掌握了充分的社交网络数据。所以最后选择了……她。”

照片墙中的一张女子头像快速扩大，充满全屏，那是中日美混血的新晋超模 Junyi Elisa Miyazaki Osborne，简称 JEMO。

“如果你们了解 JEMO 的出道历史，就知道她是以混血面孔及清纯气息备受瞩目的，但 L.I.Q. 的作品却以肉欲著称，这便是他们押下的赌注，网友们会无比饥渴地期待他们心目中的女神流露内心欲望。据小道消息，L.I.Q. 靠费洛蒙来激发模特……”

宋秋鸣敲了敲桌子，示意不要过分留恋这些细枝末节，小光假咳了一声，脸上现出尴尬。

“呃……用你们的话说，我们应该建立起具有区隔性的产品形象，于是在人脸识别的基础上，我们又加上了情绪识别的模块。”

JEMO 的脸部继续放大，不同颜色的色块标出表情肌的分布走向，开始轮流闪烁。

“其实情绪识别与人脸识别的基本原理相同，都基于数据分析，足够大的数据量使得机器能够阅读人脸哪怕最细微的表情肌动作，让真实情绪无所遁形。在这一点上，人脑的辨别能力确实有待提高。我们让机器‘阅读’了 JEMO 以往拍摄的所有照片，将她的表情数据影射到曲面上。模特这一行干久了，连表情都会变成行货，所以我们希望捕捉到的是距离曲面最远的点，也就是说，其实我们的目的和 L.I.Q. 殊途同归，希望打破 JEMO 的职业习惯，让她流露出真实的另一面。”

JEMO 的特写开始以逐格动画的方式缓慢跳动，她的眉头微微蹙紧，双眼瞪大，嘴唇微张，但这表情像流星般稍纵即逝，她随即又恢复了职业化的冰冷笑颜。画面再循环跳回第一格。

“这就是那个决定性的瞬间，显然她还不太适应 CATNIP 的工作方式。”

“那道光斑是什么？”资方代表指着其中的某一帧问道。

小光看了看宋秋鸣，后者点点头。

“为了强化这种陌生感，我们给 CATNIP 加装了一个能发出声响的预闪提示灯，是早已停产的古董级配件……”

“所以你们也有自己的费洛蒙。”资方代表含义不清地笑了笑。

“我们只是……”

一阵掌声打断了小光的欲辩无言，资方代表起立、鼓掌，朝向宋秋鸣的方向，脸上带着诚挚的尊敬。宋秋鸣愕然坐着，不知该做何反应。

“宋教授，您用一个精彩案例，向我们演示了什么叫作建立产品形象。您是真正的英雄。”

宋秋鸣脸上若有所动，随即迅速恢复平静。

“那么剩下的事情就交给我们吧。”资方代表深深鞠了一躬，带领团队离开会议室。

* * *

尽管才入初冬，伊阙峡谷的寒风已然凛冽。宋卫东走在漫水桥上，雾气从河上飘近，带着凉薄的湿润贴在他脸上，那种从容缓慢让人产生幻觉，彷佛河流本身是静止的，而桥在飞。

一只白鹭从河心洲飞起，消失在远端的树林里。宋卫东紧了紧肩上的背包，回头望了一眼西山的卢舍那大佛，它已不再金光闪耀，但依然面露微笑。

过了桥，便到了东山。与西山不同，东山没有那么密集的佛龛，岩体保持相对完整，如同裸露的大片白骨。只有上了山腰俯瞰，才能看见栈道两旁零星的石窟。

宋卫东并没有在擂鼓台三洞前过多停留，他知道里面的景象。大万伍佛洞里的一佛二菩萨，以及从南壁到北壁呈半环形分布的二十五座高浮雕罗汉像已被悉数破坏，只留下一些残余的躯体，穹形洞顶和华丽脆弱的莲花藻井。这是武周时期禅宗派所经营的洞窟，这是一个专修禅定的教派，所谓“禅定”就是安定而止息杀虑之意，似乎历经千年之后，这门技艺已在人间失传。

他又路过千手千眼观音像，由于风化严重，护佑众生的千手只剩下波纹状的纹理，在观音身体两侧如侧鳍般展开，这倒使它免遭劫难。

他不敢看西方净土变龛两侧残缺的佛龛和力士，那也有他的一份功劳，用铁钎凿下佛头佛面时，虎口和手腕被震得酥麻，在此之后，这种幻觉伴随了他很久，无论是端碗筷、翻书、穿衣还是抚摸爱人的肌肤。

净土变龛依《阿弥陀》《无量寿》二经雕刻，描绘的是舞者乐者各得其乐的西方极乐世界，一个乌托邦般的理想社会。宋卫东望向峡谷远方，在西山看不见的那一端，在东山外看不见的这一端，在这片广袤无垠的土地上，人们同样在进行着一场建造乌托邦的伟大实验，他们砸烂佛像，焚烧书籍，又树立起更伟岸恢弘的神灵与理念。可这一切现在都与他无关了。

宋卫东终于走到了目的地，他谨慎地回了几次头，确定没有人跟随，一猫身，钻进了看经寺西侧一条不起眼的小道，又拐了几道弯，拨开用枝叶编成的掩护，一个半人高的洞口露了出来，里面漆黑一片。

他从背包里掏出蜡烛，点亮，擎着一豆烛火，钻进了洞中。

洞中空气混浊难闻，夹杂着不知名动物的粪便气味，宋卫东进到洞的最深处，烛光隐约照亮了几个鼓鼓囊囊的麻袋，他从背包中取出一块白布铺在地上，把蜡烛稳在较高的岩缝里，现在他几乎能看清整个洞里的情况了。

他从大麻袋里又掏出小麻袋，小麻袋里又有更小的袋子，他小心翼翼地把袋子里的东西倒到白布上，那是一堆灰黑色的不规则石块。他又从另一个角落里翻出藏在那里的另一件东西，一块硬纸板，纸板上用大头针固定着几块碎片，隐约能看出是一张残缺的脸。宋卫东用放大镜瞄着硬纸板上的碎片，又拿起白布上的一块石头片儿，仔细端详，摇摇头放下，捡起另一块。他靠着这种笨拙的办法把麻袋里的数千块碎片逐一分类，再通过颜色、纹理、质地比对，将同类的碎片区分出来。这场浩大的拼图游戏陪伴他从夏天到春天，再到冬天。他不知道自己还将在这个洞穴里待多久，没人知道。

宋卫东脸上突然现出亮光，他像捏着整个世界般捏起一块薄片，轻轻地放到硬纸板上，用手指将它移近，碎片的边缘如同漂移的大陆板块般互相咬合，呈现出全新的面貌。

烛光开始闪烁不定，像是洞悉了什么秘密，宋卫东身子一缩，惊恐地望向洞口。那只是一阵风，遥远冰冷，就像李建国的身体。

宋卫东若有所悟，他做这一切，并不只是为了自己。

硬纸板上的脸又补齐了一块，现在能看清嘴唇与面庞的轮廓了，线条柔和饱满，应该出自唐代匠人之手。

宋卫东的嘴角不由得微微翘起，模仿着那黯淡烛光下的残缺佛面，他感觉自己心里某块地方又完整了一点。

* * *

宋秋鸣扶着从机器里缓缓退出的梦中的父亲，惊觉这张脸竟已如此苍老，不禁心生酸楚。

房间的另一端，老郭和小林站在不断刷新的屏幕前，等待着机器用算法解析宋卫东梦境中的影像，并与他们的目标进行匹配。空气中一时间只剩下沉重的呼吸声。

小林突然鸟儿般吱了一声，又赶紧捏住嗓子，她的笑容说明了一切。

宋秋鸣走到屏幕前，看着两幅亮度、色温、清晰度、各种细节不尽相同的图像，但很显然，它们显示的是同一件物体，一尊带着裂缝的、微笑的佛面。

“谢谢你。”老郭握住宋秋鸣的手。

“不，该道谢的应该是我。”

* * *

“我们的邮箱快被挤爆了。”小光无奈地说。

“可以想象，一种新式的货物崇拜。”宋秋鸣抿了口咖啡，继续看鱼缸上的新闻。

“我们该怎么回应？开放邀请？拒绝？”

“谁捅的篓子谁去补救，不过这也说明他们 PR 的活儿干得不错。”

“噢对了，PR 团队昨天又发了几个包装案例过来，您想看看吗？”

“现在没工夫，放那儿吧。”宋秋鸣的目光没有离开新闻界面，上面有某种东西吸引住他。“这事儿总会过去的，我们需要的只是耐心，等到媒体闻见更新鲜的肉味儿……或者大众心生厌倦。”

那是一只大蜘蛛，趴在细密的蛛网上，伸展着八条长腿，两两靠拢，以至于乍一看颇像躯体与四肢不成比例的人体。

宋秋鸣用手指将高清图片等比例放大，那只蜘蛛扩张成他面孔大小。

这并不是一只真正的蜘蛛，而是用腐败树叶、杂物及虫类尸体搭建起来的精巧结构，一座蜘蛛的雕像。

它的建造者，一只产于秘鲁亚马逊河西部边缘的金蛛科尘蛛属未命名亚种生物，不到四分之一英寸大小的个头，正躲藏在巨大蜘蛛雕像的腹部背后，利用蛛丝牵引着雕像轻轻颤动，彷佛具有了生命般惊悚。

宋秋鸣突然感到一阵不适，他关闭了新闻界面，坐下，喝着咖啡，若有所思。

他打开了小光留下的包装案例。

画面向两侧滑开，左侧较小的头像是委托人，下方有提炼的证言，右侧较大的是 CATNIP 拍摄的照片，点击之后会有视频及图像互动。

委托人：Yoon ChongSui　银行从业者

拍摄对象：他 3 岁的儿子（姓名隐去）

当我看到照片的一刹那，几乎要流泪了。那种色调和如今已经很少见的均衡构图，一下子把我带回几十年前，当我还是他这个年纪时拍下的那些照片。不同的是，CATNIP 并没有呈现一般儿童肖像欢天喜地的感觉，它用长焦捕捉了一个侧影，要我说，有点孤独的感觉。我想起了小时候，父亲因为工作，很少有时间在家陪伴我，对，他也是银行家，那种残缺的感觉一直深藏在我心底，直到这张照片……我想我明白它所要表达的含义，是的，我明白。

委托人：王晋 & 许倩　独立艺术家

拍摄对象：一条名为“窝夫”的拉布拉多犬

开始我们只是觉得好玩，对，没想那么多，她想来我就陪着来了……拍出来吓了我们一跳，王晋都愣住了……就是那种捕捉的神态，完全不是一般拍动物的方式，我们给“窝夫”拍过很多照片，专业的也有，但都感觉是强调了动物的可爱 ...... 但是 CATNIP……是的，我想它捕捉到“窝夫”身上特别像人的那一方面，那些细节，那种眼神……就是“窝夫”看着镜头的那种眼神，它像看着同类一样看着我们……有那么一瞬间，我想起了去世的母亲，她特别喜欢“窝夫”……也许还是别这么想比较好。

宋秋鸣抬了抬眉毛，这比他想象中要有意思些，他又打开了第三个案例。

委托人：肖何明清　社区牧师

拍摄对象：母亲遗像

我犹豫了很久，母亲是突然脑溢血去世的，她生前很少拍照，我希望能够保留点记忆。外面有很多关于 CATNIP 的传言，有些不免僭越，我想耶和华会理解并原谅我的这种想法。为了搭建特殊的垂直支撑架还花了一些功夫，毕竟我母亲已经无法坐起，面朝镜头。我们为她略施妆容，撒上花瓣，就像我在社区里为其他逝者所做的一样。CATNIP 花了不少时间对焦，我理解我母亲那代人，能够在数字空间里留下的印迹非常稀少，她现在肌肉松弛，自然也捕捉不到任何表情。快门终于被按下，我怀着不安心情等了两天，收到一份快件。我迫不及待地拆开信封，结果大吃一惊。照片中呈现的并非我母亲的面容，而是透过某种金属介质表面所反射出来的教堂穹顶天窗，带着玫瑰般瑰丽的漫射光。我思考了许久，终于找到原由。CATNIP 不知何故，将焦点拉近到我母亲脖子上佩戴的玫瑰金十字架项链，拍出这张超级特写。

看着这张照片，我泪流满面，这莫非是我母亲灵魂升天的证据？如果一台机器看待世间万物的方式，正如上帝希望他的子民们能够做到的那样，为什么我们不能承认它是有情感的，甚至，是有灵的？……

宋秋鸣深吸了一口气，又缓缓吐出，如果这个案例传播出去，目前 CATNIP 所面临的风波也许才刚刚开始。

但不知为何，他凝视着那张玫瑰金色的教堂穹顶图，久久不愿移开视线。

他决定给父亲照张相。

* * *

一位就读于佛罗里达大学的植物学学者 Larry R. 在菲律宾内格罗斯岛考察期间，在穆尔西亚镇附近的堪拉昂山脚下发现了一种非常罕见的生物现象。

“我从林场小路穿过树林，看见一张网上趴着一只 1 美元硬币大小的蜘蛛。我往前走了几步，停了下来，似乎有什么不对劲，于是我又往回退。”

他证实自己所看到的“蜘蛛”其实是用吃剩的昆虫残骸、树叶以及垃圾杂物建成的蜘蛛雕像，他认为有两种可能，这种蜘蛛雕像可能用于充当诱饵，吸引猎物坠网，还有一种可能是营造恐吓，以身形大上数倍的伪装来保护自己的安全。

这一发现与数月前在秘鲁亚马逊流域发现的尘蛛雕像行为有着异曲同工之妙，而两者在地球表面上相距 1.1 万公里。

“我们不知道是否还有其他的蜘蛛或者昆虫有着类似行为，”

哥伦比亚大学生物学教授Dennis Jr. Chang接受采访时说。“目前没有任何遗传学上的证据表明两种蜘蛛是否存在同源关系，有一种猜测是它们在各自环境中由于生存压力产生了独立的趋同进化。”

一些阴谋论网站将这种令人不安的现象与人类图腾崇拜的行为相提并论，其中还提到了印第安民族的猎头习俗，以及新几内亚群岛的人燔祭礼。

无论如何，这一现象至少证明了：节肢类生物对于自身空间形状有着清晰的意识。同时，它也具备了一定的智力水平来收集材料并搭建起如此复杂的结构，以实现某种尚不为人知的目的。

“我并不感到很惊讶，”发现者Larry R.说，“更令我惊讶的是，以前居然没人注意到这一现象。”

——NAT GEO ASIA频道为您报道。

* * *

主持人：因此您的父亲两次抢救回了国家文物。

宋教授：可以这么说吧，这也是他自认为这辈子最大的贡献。

主持人：那么您认为CATNIP如何将这一元素融入您父亲的肖像？

宋教授（思考）：……有一些报道，包括我父亲修复抢救的佛像，都在网上有数字扫描存档。CATNIP可以分析这些数据的权重，以及他们被社交网络抓取引用的次数……

主持人:我好奇的是，它如何判断以何种形式，打个比方说，颜色、滤镜、双重曝光等等，结合到人像中？这听起来更像是需要艺术家的触觉。

宋教授:是这样的。你知道之前和L.I.Q.的那场所谓“比赛”吧，它让我对于艺术与艺术家有了更深的理解，从这点上来说我需要感谢L.I.Q.团队。比起绘画来,我认为摄影更接近于诗歌，它更多地触及潜意识乃至无意识的层面。摄影师就像一个过滤器，他一边是未知的客观世界，一边是神秘的内心感受，有一个词叫“心理照相”（psyphoto），它恰恰道出了摄影的本质，不仅仅是光学和化学的转化过程，更重要的是摄影师内心的直觉与本能，是寻找事物被取景器框定的“决定性瞬间”。而在CATNIP身上，我们把这一过程交给了机器深度学习。

主持人：听起来非常地不可思议。那您是否觉得CATNIP做到了人类摄影师所无法做到的事情呢？

宋教授：经过这一次难得的“聚光灯下”的体验后，我深切地体会到，这世上往往过分抬高了理性与逻辑的力量，而低估了人类情感的价值。

主持人：您下一步的研究计划可否透露一下？

宋教授：最近我对蜘蛛很感兴趣，也许它能帮忙解决机器在延展认知上的一些难题。

主持人:非常感谢您接受今天的采访，我还有最后一个问题，您现在最想做的一件事是什么？

宋教授微笑：把妻子女儿接回家，我已经有好几个礼拜没看到她们了。

主持人：她们肯定也非常想念您，祝您一切顺利，再见。

宋教授：谢谢，再见。（从画面中消失。）

主持人：最后，我们用一个 CCES 中出现的小插曲作为今天节目的结束，下周同一时间再见。

(画面切到闭路监控摄像机，在 CATNIP 围合展区之外，排着长长的队伍。一名背着黑色双肩包，身穿黑色连帽衫的男子加入队伍，他不时左右张望，从背包甩动的幅度看，里面装着不轻的东西。

他出示邀请卡，进入展馆，浏览着四周悬挂的作品。

终于轮到他进入照相亭，面对 CATNIP。他关上门，打开背包，拉出一个碳纤维支架，开始安装。

他把一张黯淡的薄膜蒙在支架上，绷紧，接通导线，薄膜瞬间变得平滑锃亮。

那是一面镜子。

男子将镜子立在 CATNIP 面前，一个红色光点出现在镜面上，微微发散。

CATNIP 面对镜子中那个亮着红点的黑色箱子，自动调焦的马达嗡嗡作响，镜头伸出，缩回，又伸出。

三个安保人员神情紧张地小跑靠近照相亭，一个人喊了句什么，男子从黑色幕布后探头张望，被一把揪住，双手反剪按倒在地。观众一片混乱。

CATNIP 仍在对焦。)

```
public class TheAlgorithmsForLife {
  public static void main (String[] args) {
    System.out.println ("人生算法");
  }
}
```

当我倦于赞美落日与晨曦

请不要把我列入不朽者的行列

——埃兹拉·庞德《希腊隽语》

1

韩小华在他七十大寿这天，生出了去死的念头。

儿女让酒店布摆得隆重气派，完全照足上个世纪的旧排场，尽管在座的十八围宴席上没几个人亲眼见过，可厅面经理说，这就是当下最时兴的风格。寿堂正厅墙上是动态投影的南极仙翁像，隆额白髯，身骑梅花鹿，手持寿桃和龙头手杖向来宾微笑招手，旁边还有宠物丹顶鹤灵活地转动蛇形脖颈，而在现实世界里，这种生物已经灭绝快十年了。

当来宾举手回礼时，一个虚拟的红色利是封便随之飞入南极仙翁喇叭般宽大的袖口中，心理上仿佛是给象征长寿的仙翁上了贡，信用点却落到了儿女的账头上。

韩小华随着儿女孙辈绕场走了一圈，接受客人的祝寿和敬酒，满屋金红配色的寿烛寿彩晃得他眼花，恍惚间，那一个个草书寿字就像是手足乱舞的金色蜘蛛，挂满了头顶，他心里有点儿发毛。

重金请来的司仪二胖又开始高声朗诵，好像是让华叔上台发表什么生日感言。这小崽子仗着嘴尖舌仔利（潮汕方言，指口齿伶俐），这几年承包了村里的各种红白主持，什么开业剪彩婚娶百日奠基丧葬抽奖乔迁，一听见他那把尖嗓子，都不知道该笑还是哭。

韩小华摆摆手，让儿子韩凯替自己上台，反正稿子都是他写的，无非就是把该谢不该谢的都谢一通，好像没了他们自己就活不到今天。这娃自从当上村里的文化官，说话的瘾就越来越大，恨不得路上逮只鸡都能教育半天，难怪孙子孙女们都见鬼一样躲着他走。

“我去抽棵烟，透下气。”韩小华从上菜的后厨口溜了出去。

院子里没了那些烟酒油镬气，让人精神一爽。韩小华蹲在据说是嘉庆年间所种的大榕树下，抽起烟来。午后的日光穿过珠帘般密密垂落的气根，打在他黝黑脸上，如同印了一幅条形码。他眯缝起眼，透过烟气，望着远处被晒得发白的茶山，有一红一蓝两点人影在动，竟然像极了年轻时的阿慧和自己。他仿佛闻到了阿慧身上的那股茶花香。

他再看，人影不见了，而五十年已经过去了，阿慧过世也快五年了。

“你还没带我去看椰子树呐！”他忘不了阿慧临走前说的话。

韩小华叹了口气，烟屁股一丢，鞋底碾了上去。

“华叔，怎么不进去热闹热闹。”是酒店的主厨老黄，又递上一根烟。

“过一次少一次，有什么好热闹的。”韩小华接过烟，没抽，夹在耳朵上。

“诶？大吉利是。七十还年轻得很呢，只能算中寿，我看你这耳厚人中长的福相，活到期颐寿没问题啦。”

“活那么长有什么意思。”

“享福啊，你看你子孙满堂，又赶上好时候，现在农村日子不比城里强多了。还是你有远见，把地和人都留住了，不像我那儿子，还得苦哈哈打工赚养老看病钱。”

“好歹见过世面呐，我这井底蛤蟆，一世人最远也就去过深圳。”

“那是你不愿意去，你看合唱团那群阿婆，地球都跑两圈了，玩嘛，日子好过嘛，何必想不开。”

韩小华不说话了。要不是那场突如其来的流感，要不是阿慧硬拗着不上医院，也许现在两人正坐着高铁飞机周游世界吧。他摇摇头，这只是自己马后炮的想法罢了，阿慧在或不在，其实改变不了什么。他们还是会窝在这麻雀屎大的村落里，相伴终老。

生日前几天他又做了那个梦，原本以为再也不会做了，可又那么毫无端倪地出现。还是一样的人，一样的场景。他和早出世那么几分钟的孪生哥哥韩大华站在打谷场上，两人都是十七八岁的青头仔（潮汕方言，指未婚男青年）模样，手里紧紧攥着什么，在毒辣的日头底下满脸油汗，彼此对视。然后，像是听到了某声召唤般，两人齐刷刷地伸出拳头。就在他们向世界张开掌心的刹那，梦戛然而止。

醒来后，韩小华明白自己从来没有放下过。他一直在后悔当年的事，这改变了他自己以及子孙后代的命运。他不愿意再踏出外面的世界，原因竟像小孩赌气般幼稚：他怕见多了，便会琢磨，如果当年换成是他抽中那根签，人生又会是怎样一番境地。

有些事，想不如不想，做不如不做。可越是刻意不去想，就越是魔怔般陷进去。

于是，日子也愈发地变得没有意思了。于是，他想到了死。

韩小华活了七十岁，见过的死人不比活人少。村史馆里的

AR 沙盘一开，手指滑动时间轴，就能看到鲤烧村百年来的变化，海潮进退，山陵起落，农田和房屋像是对弈的两方势力此消彼长，道路如年轮或皱纹蔓延生长，可唯独看不到人的变化。

自他记事后见到的第一个死人，是在他六岁那年。

摔死人了！他被人群高亢的呼喊吸引着，停下了手里揉搓的泥球，摇摇晃晃地跟在大人屁股后面到了现场，一座储粮的土圆仓前。人里三层外三层拥着，他挤不进去，踮起脚尖也只能看见铺着麦秸秆的仓顶，像一顶大伞缺了一角。

不知谁喊了一句什么，韩小华面前突然齐刷刷地让开一条道，他慢悠悠地瞅着一条条蓝灰色的裤腿，有洞的、没洞的、带花的、打补丁的，走进了人群的中心。那里有他歪着脖子一动不动的阿爸，和哭天抢地的阿妈。

饿的。旁边有人这么说。

这两个字让他记了一辈子。他哥一直到来年开春才明白自己没了阿爸。

韩小华渐渐习惯了这种突如其来的死亡，他一直以为这就是人生的常态。眼看着村尾的墓园越修越大，灰白碑石占掉小半个山头，他从毛头娃娃长成了后生仔，再一路马不停蹄地老去，见过的死法也是千奇百怪。一开始还是病死饿死的多，后来各种暴力致死占了上风，有了点钱之后就变成花样作死，吃喝嫖赌抽，不外如是。就好像阎王爷派出了几队人马，都忙着达成绩效考核，搞起了内部竞争。

如果他墨水多一点，说不定也是个文豪，专门写死人的那种。但不管什么年头光景，永远不缺的是自杀的名额。

看天吃饭那会儿，一阵风，一阵雨，都能让一家老小断了口粮，生路都没了，死也就不算个事，还能凑个全家齐整。

扛不住挨批挨斗寻死的就不提了，那是历史走了弯路。

后来查出个什么大病绝症的，一合计怕连累家里人，就自己干净利落脆地了断了。说来也好笑，医疗条件上去了，自杀的人反倒更多了。

再往后，死了也就死了，说不出个道道，也许有缘由，也许没有，就是不想活了，信哪路神仙也没用。

家伙倒还是老三样：农药、煤气和上吊。时间多半选在年关前后，因此过节期间上坟的人那不比置办年货的少。

韩小华好面子，他得给自己挑个体面的走法，不能让儿孙们在村里抬不起头来。他搜到网上有一些专门的服务机构帮人安排这种事情，只是也不知道合不合法，于是这念头就一直搁在那儿。

他还是把耳朵上夹的烟点了，深深吸了一口，看着这片世世代代没有离开过的土地，缓缓吐出。

如今的鲤烧村是他年轻时候做梦都想不到的。2030 年啦，农民都有 AI 了，上云链了，拿个手机按几下，农活都让无人机蜂群、机器人给干了。甚至都不用人管，老天爷稍微变个脸，刮风下雨升温降温，触发什么智能合约，马上就有相应的措施防止庄稼受灾，这可比人强多了。每一季种什么、怎么种、渠道在哪、价格怎么定，都有数据链条帮你搞定，它看的可不是各家各户的一亩三分地，而是全球市场。

好家伙，这日子可比古时候的皇帝舒服多了。可就是这种神仙日子让韩小华浑身不自在，都不用人了，人还活着干吗呢？就像那些小孩一样，整天戴着顶怪里怪气的塑料帽，完全活在另一个虚无缥缈的世界里？那跟旧社会抽大烟有什么两样？

新闻上说，算法可比大烟让人上瘾多了。这还是韩小华头一回听说这个词。

孙子让他戴过一次那帽子，眼前像是掉进了一方无底洞，各路牛鬼蛇神以极快频率闪现又消失，有真人，有卡通，还有不知道是什么玩意儿的怪异图案，他太阳穴突突直跳，眼睛晕得冒火花，几乎是跪着把帽子给摘了，从此再也不敢碰。

韩小华知道自己已经追不上这个时代，他也从来没想过要追，不像他那经常在媒体上露脸的哥哥。“不老的弄潮儿”，他们这么夸道，韩大华投资领域跨度极大，且成功率奇高，旗下企业矩阵已然形成了小小的技术型商业帝国。而自己只是个虚耗岁月的过时之人。

想到这里，他突然受了激似的，掏出手机，按下收藏夹中自杀服务商的联络键。他不知道接下来会发生什么，许多事情在他脑中一闪而过。韩小华甚至想起许多年前哥哥替他买的保险，只不过现在他清楚自杀无法理赔，也就不用担心一对儿女会因此起纷争。该留下的，该分好的，都已经安排妥当。

现在轮到他自己了。

“阿爸。”

儿子韩凯突然出现，叫住略显慌乱的父亲。

“差不多该散了，您再去敬一圈？”

“哦好。”韩小华漫不经心应着，往宴会厅走去，这时手机响了，他一下子定在那里。

“怎么了爸？你没事吧。”

“没事没事，我接个电话马上进去。”

打发走儿子，韩小华又走远几步，清了清喉咙，郑重其事地接通电话。那头响起一把年轻而爽利的女孩声音。

“小华叔吗？”

“是我啊，你是？”

“我是笑笑啊。”

“笑笑？哪个笑笑？”

“就是陪你走过三次人生路的笑笑啊。”

韩小华猛然惊醒，在黑暗中，他喘着粗气，花了好长时间才想起自己身处何时何地，睡梦中那极度真实的场景和感受，却早已恍如隔世。他不明白为什么会在这时候发这样的一个梦，也许背后埋藏着隐秘而深刻的认知规律。但此刻，回忆不受控制地蔓延开来，一切都从那个突如其来的电话开始。

那是笑笑，他的侄女，哥哥韩大华的女儿。

2

接到笑笑电话之后，韩小华在大湾区逛了三天，却连哥哥的影子都没见着，他有点按捺不住。

笑笑倒是全程陪同，照顾得细心周到。虽说是侄女，可年纪却和他孙女差不多，不，甚至看上去还要更年轻有活力些。一头密且软的灰蓝短发，健美匀称的运动员身段，如果硬要说哪里像他哥的话，也许就是眼神中偶尔闪过的一丝傲气。

上次见面时笑笑还只是个怯生生的小女孩，哥哥也不搭理她，只让她在一旁玩着编程玩具。倒是韩小华主动跟她说话，给她椰子糖吃，那是阿慧最喜欢的零嘴，却被笑笑一脸严肃地拒绝了。

她说，爸爸不让我吃糖，那会让我的大脑上瘾。

韩小华这才知道面前这个女孩是哥哥的孩子。

他从来没有关注过哥哥的私生活，也不想知道。对于他来说，哥哥是个如此特立独行的人，无法用任何传统的条条框框来限定，至于跟谁有多少个孩子这种村里人才好打听的八卦，他是断断问不出口的。

大湾区跟记忆中相比，又有了翻天覆地的变化，这才过去不到十年，几个片区又立起了七座世界级摩天楼，入驻的都是全球顶尖企业的亚太总部，在阳光下高得耀眼。新能源无人车和共享交通系统大大提高了出行效率，减少了污染，几乎可以做到无缝对接。最让韩小华惊讶的是，三天时间他们把深港澳转了个遍，竟然一次也没有被要求下车检查各种证件。从鲤烧村来到这里，就像是穿越到了未来。当然他也知道，这里许多建设用地都是拿红线里的耕地面积去和省内其他欠发达地区换回来的，像变魔术一样移花接木。

“我给叔申请了临时的大湾区通证，您的个人数据已经同步到云链上，也就是说，不管是医疗、保险、交通、餐饮、娱乐……您能想到的方方面面，现在都可以享受大湾区的服务。”

“哦……这样。”韩小华并不确定自己完全明白了。

像是看穿了叔叔的心思，笑笑连忙举例说明。

“就好像咱们昨天去吃的海鲜酒楼，万一，我是说万一啊，您吃了不新鲜的鱼虾，食物中毒了，一来因为原材料都可以通过链上溯源，我们马上能知道究竟是哪个批次出了问题，锁定责任且防止更多人受害；二来您到医院的时候，所有个人健康数据都同步了，跟有问题的食物检验数据一交叉分析，诊疗方案马上就出来了，不耽误事儿；三是保险公司得到医院的实时反馈，触发智能合约，您的赔偿金不需要再经过重重审核，直接就可以打到通证账户里；四是因为以上所有数据记录都是真实且无法篡改的，您对这家酒楼的评分权重会自动升高，帮助更多的消费者形成一次消费共识，还会给您发放奖励。我这么说，您是不是大概清楚点了？”

韩小华点点头，心想这姑娘脑袋瓜子真好使，他突然又想到了什么。

“这么说来，方便倒是方便，可我去哪干吗有什么毛病不都被人知道得一清二楚了？”

“这您不用担心，我是学数学的，法律规定，所有个人数据都必须经过脱敏处理，而且进行量子加密，链上的任何节点都没有办法滥用……”

韩小华走了神，想起笑笑打来电话的时间点，偏偏那么巧，就在他按下联络键之后。毕竟他和哥哥平时也不是走动那么多，尤其是上了岁数之后，两人之间许多原本能说不能说的话，想想说了也没啥意思，就又噎了回去。哥哥几次邀他去游玩，都被小华以各种理由婉拒，渐渐也就没了下文。

这一次，小华却一口答应了。他想在临走前还是得见见哥哥，毕竟是一个娘胎里出来的，前后也就差了那么几口烟的功夫，总还有一些割舍不断的羁绊。

“……小华叔！我爸刚打来电话，说他那边完事了，让我带您去见他。”

“噢噢，好的麻烦你了。”韩小华不知怎的突然紧张了起来。

见面的地方在蛇口区一栋大厦里，挑高顶层里别有洞天地搭出一间茶室，古朴素雅，却能望尽整片海岸风光。

哥哥已经在包厢里等着韩小华，面容气色竟比几年前还要显得年轻，说是五十出头恐怕也没人怀疑。两人站在一起，尽管相貌如此酷似，却断猜不出谁是哥谁是弟。

“小华，快坐，这几天玩得可好？笑笑有没有照顾周到？”

“哥太客气了，麻烦笑笑了。”

“叔又不是外人。爸，我还约了朋友，你们先聊，等差不多了我再来接小华叔。”笑笑跟父亲抱了抱，帅气地甩甩头，离开了包厢。

“你这女儿可真是……”韩小华想了想，挑了个比较中性的词，“优秀。”

“就是没长性，干什么都三分钟热度，像我，哈哈。”

兄弟俩就这么喝着凤凰单丛，拉着家常，仿佛一场平日无事的下午茶叙，看着日头慢慢从海平面上坠下去，给万物镀上一层金光。

“小华，夕阳无限好啊。”哥哥突然感慨了一句。

“哥……你知道了？”

“都说双胞胎之间会有一种感应，你的心思，我又怎么会不知道。”哥哥眼含笑意。

“我不信。”韩小华是真的不信，他从来没有感应到哥哥的任何心绪变化，反过来亦然。

“你还是老样子，啥都不信。”哥哥喝了口茶，收了笑，“是我当年给你上的保险里，有一项自杀干预，一旦你的行为触发某项指标，就会通知我。”

“我就知道。”

“对对对，你什么都知道，就不知道怎么好好活着。”

“……”韩小华语塞。

“我最近都在做一个梦，梦见当年咱们抽签的情形，我知道，你心里一直有个结，”哥哥口气和缓下来，顿了顿，“我也有。”

韩小华把玩着手里的紫砂茶杯，在渐暗的日光下摩挲表面的纹路。

“……现在说这个有什么用？”

“如果，我是说如果啊，我能让你抽到那根签呢？”

韩小华看着哥哥的眼睛，他知道这不是玩笑话。如果硬要找出兄弟俩最大的不同处，那就是大华相信自己能做到一切看似不可能之事，这种相信引导他克服现实世界的重力阻碍，完成从井底到山巅的无数次跳跃；而对于小华来说，他相信发生在自己身上的便已是最好的安排，直到阿慧的去世，让他开始动摇，才会想要违背安排，去提前结束自己的人生。

有时他也会想，自己和哥哥的这种人格差异，究竟是出生之时便已经注定，还是后天一点一滴积累起来的。先天的话，同卵双胞胎在遗传上近乎 100% 相同，除非相信命理玄学，如果是后天的话，毫无疑问，那件事便是决定性的分水岭。

太阳已经完全落下海面，茶馆里亮起了灯，茶香氤氲，飘着若有似无的粤曲吟哦。

大华和小华相对无语，各怀心事，只是一泡又一泡地喝着茶。

韩小华知道，一旦自己迈出了这一步，很多事情就回不去了，他需要时间来思考。而哥哥也清楚这一点，可以看出，他强压住心中的迫切。今晚注定会是个不眠之夜。

不过，既然韩小华已经选择了长眠，少睡一晚又算得了什么呢。

3

事情并不像韩小华想象的那么简单，尽管他所想的也并不简单。

他们第三次来到前海这栋全玻璃钢结构大厦，经过三重门禁关卡，终于来到了此行的目的地：因陀罗系统。韩小华之前两次全面体检及基因测序、脑神经连接组测绘的数据已经悉数上传到平台，组成了一个即便放眼全球也属于顶尖水平的虚拟人模型。

全身经过消毒的韩小华被喷上一层半透明的速干凝胶，其中包含着数百万个纳米感官单元，从某个特定角度看，仿佛松弛皮肤表面悬浮着一层金砂。他颇有几分尴尬地被笑笑领到了巨大蝌蚪状的白色舱体前。

“这叫森萨拉舱，也叫轮回舱。”笑笑解释。

这并没有减轻几分小华心头的疑虑。他注意到这里的房间和设备都是用佛教名词命名的。哥哥信佛吗？还是只是觉得这样做可以让中国人接受起来更容易些。毕竟如他所说，这还是一项处于临床实验阶段的前沿技术，谁也不敢百分百保证不会出岔子。

对韩小华来说，再大的岔子也不过是把自己的死亡计划提前执行而已。

有人拍了拍他肩膀，他回头，是哥哥，眼含关切，或者做出眼含关切的样子。

“小华，你还需要考虑一下吗？我们还有时间。”

韩小华一笑，“协议都签了，你就别跟我来这套了。”

尽管三个律师花了两天时间向他详细解释协议里所有的条款，可他还是没法搞懂那些技术术语，神经链式反应、量子态化身、虚时间效应……简直比外语还难懂。他只记住了一个词：算法。

律师说，这是整件事的根基，也许也是一切的根基。

“所以算法究竟是什么呢？”读完冗长的定义后，韩小华仍然不得要领。

最年轻的那个律师抬起头，脸上没有半丝开玩笑的样子。

他说：“是道。”

韩小华躺入舱内，温热的弹性材料自动包裹住他的身体，空气中有种令人平静的甜味。他想了很久究竟在哪里闻到过，记忆只能回溯到孙子孙女出生时的产房前，据说医院提取了羊水中的某种成分做成香薰，对产妇和家属都有镇静安抚的功效。

舱门关闭之前，他看见哥哥的脸，似乎在对自己说，我的话你都记住了吗？

韩小华笑了，这几天哥哥说了太多的话，比过去半个世纪说的话加起来还多。这其中并没有多少手足间的家长里短，更多的是他听不懂也记不住的天书。他甚至有时候觉得自己在跟另一种人交流，比老外更陌生更遥远。

舱门完全合上，韩小华感觉自己脑壳被盖上一条热毛巾，四周亮起了蓝绿色的光，有节奏地闪烁起来，越来越快，略高于体温的含氧液体漫过他的四肢，逐渐向五窍逼近。尽管这一切都已经在引导视频里讲解过，可韩小华还是无法遏制身体里那种原初的恐慌，如同回到了童年在海边被恶浪卷跑的经历。

他闭上眼，似乎这样能好受一点。

……想象自己漂浮在一望无际的海面上，阳光、微风、海浪……什么也不要想，什么也不用怕……这时平台会在你的肉身和量子态化身之间建立映射关系……你会感到有一丝怪异，就像是意识和肉体之间有一道空隙，总是无法严丝合缝地重叠在一起……

哥哥的话开始在脑海里断续播放起来，伴随着不知是真实存在还是幻觉的梵音，韩小华感觉舒服了一点。他努力去捕捉那种感觉，但越是努力，越觉得自己要被吸入某个深渊。

……联结完成时你会感觉到咔哒一下，就像齿轮彼此咬合……我们会用算法改写你记忆中的某个节点，其实是你的量子态化身的记忆，神经链式反应会推演出你随后的所有记忆及认知的变化，就像你真的重新活了一遍一样……

重力的方向缓缓倾斜，他觉得海面旋转着拍打在身上，带来疼痛和压迫感，一种矛盾的感知让头脑陷入了混乱。他迎面拥抱着整片大海，而另一股引力却让他逆流而上，朝海洋的深处潜入，或是向天空浮去。

……你要记住，你依然是你，你既在那里，又在这里，这就是因陀罗的奇妙之处……你有选择的权利，但也需要承担相应的后果……如果你想停下，随时可以回来……你的身体状况，只允许有三次改写的机会……

韩小华沿着半透明的流动光幕缓缓上浮，身边的每一个气泡仿佛都折射出细小的记忆碎片，闪烁着不真实的微光，分裂、破碎、融合。他似乎听到了某种召唤，愈加用力地朝着光亮的水面游去。

……小华！小华！你听到我说话了吗……

由细长尾部带动旋转的森萨拉舱稳定了下来，控制台上显示出各种数据波形。韩大华朝女儿点点头，笑笑不知什么时候也换上了紧身装束，她也点头回应父亲，遁入旁边略小的蛋壳状座椅中。

“记住你要做的事。”

在舱门即将合拢之前，韩大华用毫无起伏的语调提醒女儿。

4

“……小华！小华！你听到我说话了吗……”

韩小华被白光晃得睁不开眼，眼睛终于适应之后，他看到了满头大汗的哥哥，只不过不是中年人长相，而是舞象之年的少年韩大华。他倒吸了一口气，看看自己的手臂和身体，也是年轻模样。

“我……”

“你什么你，看把你激动的，愿赌服输赢，你可得好好学，给韩家光宗耀祖……”

韩小华这才感觉到手心有什么东西硌得生疼，是那根短了一截的麦秆。

看着记忆中的世界如此巨细靡遗地复现在眼前，是一种无法言说的感受，而更加微妙的是时间流逝的速度。韩小华几乎敢打保票，这里的日子比正常世界里过得要快，就像是用倍速播放的视频，但至于快多少，他估计不出来。那种快已经嵌入了他整个身心，如此自然地接受了下来，并不觉得错乱。

韩小华在报考大学志愿时犹豫了好久，他深知恢复高考之后，年轻人黑夜中飞蛾扑火般的热情，以及远远低于当今的录取率。

五十年后的他知道自己无法追随哥哥的脚步报考数学系，他完全不是那块料。这就像一个可笑的悖论，要回到过去重新选择人生，却无法摆脱旧有人生的眼光和恐慌。

经过反复考量，他打出一张安全牌，考上了省内一所师范类院校的商科专业，学费低，离家近，毕业好找工作，读下来也不至于太难。

大学四年时间过得尤其地快，韩小华体验到他从未体验过的校园生活，但每当那些新鲜而充满不确定的事物向他伸出手时，他总会陷入一种不知所措。他会想如果是哥哥会怎么做，继而会想，这些片刻的欢愉会将我的人生带向何处。

首鼠两端间，他成了校园里的隐形人。而其他学生，无论是少年还是中年，都如同沉睡已久的火山，对知识、对表达、对自由，对一切的一切，爆发出近乎疯狂的热情，像要把生命在这短短四年内燃烧殆尽。

韩小华远远看着这些人，仿佛看着一道道充满未知数的数学题，而自己的那道，他已经看清了每一步求解的过程，甚至答案。

他将被分配到特区一家存在至今的国字头企业，一路干到中层，并在深交所开业之后成为新中国第一批股民，分享改革开放的红利。他会将所有的收入购买房产，并在2019年前陆续抛出，转换为股权投资、虚拟货币以及全球置业。他将会娶一位本地村民的女儿，这样他们的后代将享受终身的村办企业股份分红，以及数栋价值过亿自建房的稳定租金回报，等待着城中村改造项目把他们送上财富的金字塔尖。

一开始，他以为是真实世界残留的记忆在引导自己做出选择，就像是提前偷看到了试题答案的考生，可很快地，那些记忆变得模糊不清，就像有一只无形的手牵着他，在人生每个岔路口选择方向。他无法解释，只能接受。

他没有忘记回馈故乡，只是每次看到掌纹里都嵌着泥土的哥哥时，心里总会泛起一丝莫名的愧疚，但随即，他会这样说服自己，这是命，一切都是我应得的。于是，省亲的次数也日渐稀疏。

所有人都说他运气真是好，每一步都踩在点子上，如有神助。他却感觉惶恐，似乎这条路并非出自他的本意，尽管每一个决定都如此正确安全，但总有什么东西埋伏在前方暗处，静静等着自己。

*

风起于青蘋之末。

拓扑量子计算的突破引发虚拟货币市场的雪崩，韩小华苦心选择的对冲机制在范式转移面前毫无意义，高杠杆就像自我增殖的癌细胞，不断侵蚀原本健康的资产配置。他想用自建楼作为抵押，但国家的政策风向已变，不再进行城中村改造，转向更为经济高效的棚屋改造，原本将他奉为座上宾的银行领导避之不及。为了填补巨额债务，他只能通过地下黑市渠道贱卖资产来换取时间，怎奈雪球滚下山时总比推上山要容易且快得多。

他破产了，信用降级，消费受到严控，全家搬离了半山别墅，住进了一处普通高层。

从那之后，他就开始做噩梦，梦见从高处坠落，身陷沼泽或者在黑夜中躲逃猎杀自己的丛林猛兽。

他几乎在一夜间老了十岁。

是夜，韩小华又一次从梦中惊醒，在梦里，他才是那个面朝黄土的农民，而不是哥哥。看着妻子轻微起伏的背影，他感觉说不出来的陌生，似乎梦里的那阵茶花香才是真实的，而眼前的一切尽是虚幻。

早年某次心血来潮，他回乡寻访儿时青梅竹马的阿慧，两人站在香火缭绕的祠堂门口，相对无言。阿慧接过他带来的礼物后咧嘴笑，露出并不整齐洁白的牙齿，说你还记得我喜欢吃椰子糖啊。他听到了自己内心真实的回声，这不过是一个普通得不能再普通的乡村妇女，那些美好记忆仿佛都只是加了多重滤镜后的效果。

他轻轻下床，走上阳台，抽了根烟。城市灯火未央，烟雾在夜风中散去不见。

人生就这样了吗?

韩小华突然一个激灵，似乎听到了什么不该听的东西。他把没抽完的烟在墙上蹭灭，又夹在耳朵上。因为这个习惯，妻子不知道吵过他多少回，嫌他丢人，可奇了怪了，他怎么也改不了。

他爬上阳台的围墙，坐在边缘，双腿悬空，轻轻晃动。这栋高层下方，是一片黑黢黢的树林，此刻，像一口深不可测的秘潭，诱惑着韩小华做出一些非理性的举动。

他挪了挪身子，离那口秘潭又近了一点。他不明白自己为什么会来到这里。不止是阳台，而是人生，来到这么一个怪异的点上。

他摆脱了父辈的命运，不再是粤北山区一个看天吃饭的农民，而是成为在任何意义上都当之无愧的人生赢家，再从云端重重坠下。可从始自终，他都没有快乐过，在世俗看来无比成功的每一步，似乎都在损耗他的生命力，将人之为人的一些不可名状之物抽离躯壳，留下的只有按程序步向既定终点的血肉机器。

韩小华想拿耳上夹的那棵没抽完的烟，突然闻到了一阵茶花香，他猛地回头，身子晃了晃，一下子失去了重心。

人生就这样了吧。

那个念头再次闪现。韩小华并没有坠落，而是凝固在半空中，保持着一个狭促而滑稽的姿势，像一个草草画下的休止符。

然后，他看着那张脸从虚空中浮现，进入自己的身体。

整个世界被拉扯成光的隧道，通往未知的深渊。

5

韩小华在轮回舱中猝醒。含氧液尚未完全排空,他大口呼吸,喷出鼻腔和气管中的黏液,死命敲打舱门,喉底发出非人的哀嚎,仿佛自己身处六尺之下,被囚于活死人的高科技棺木中。

几个医护人员托扶他出舱,给他注射镇定剂。

慌乱中,他看见了哥哥的脸,像是看见另一个世界的自己,可身体的所有感受都在告诉他,他又回到了那具孱弱、笨拙、衰老的躯壳中。

在被推出实验室之前,韩小华与蛋舱中的笑笑对视了一眼,是她将自己带了回来。笑笑的眼神透露了很多东西,但韩小华不确定自己完全理解了其中的信息,更令他奇怪的是,从那一眼开始,笑笑不再是之前那个单纯的小侄女了,她似乎变成了另一个人。

还没来得及多想,镇定剂起效了,韩小华被白光吞没。

等他再次醒来时,韩大华和笑笑已经在旁边候着。

"怎么会这样?"韩小华挣扎着想起身,却被输液管和电线扯住。

"别乱动,"哥哥按住他,"医生说你没什么大问题,只是需要休息。"

"为什么……为什么每一步我都走对了,可结果还是一样?"韩小华声音沙哑发颤,痛苦无法掩饰。

"在之前的机器模拟中也出现了同样的情况,我们反复调整参数,避免过分拟合或拟合不足,但没想到加入人的意识之后,结果还是一样的,这也许跟超贝叶斯信念网络……"

“说人话！”笑笑的解释被韩小华粗暴打断了。

笑笑委屈地嘟嘴，韩大华看了女儿一眼，示意她稍等。

“小华，我明白那种感受，我也体验过。你会越陷越深，忘了自己从哪来，要到哪去，那些跟了你一辈子的念头，和新的信息搅合在一起，变成一锅粥。因陀罗不是一个线性游戏，不是你选了什么，就会有对应的故事线和结局。你变了，整个世界都会跟着你而变，这是它的奇妙之处。”

“所以到头来，有什么意思呢？”

“你不觉得你有点不一样了吗？”

“……”韩小华被哥哥的反问噎住了。

说起来，他确实有点变化：整个世界更亮堂了，能听出每字每顿里的细微情绪，注意到笑笑发色深了两个号，甚至连音乐都比以前好听了。不仅仅是这些，尽管他还是那个跟泥巴打了一辈子交道的老农，可居然听到新闻里的国际大事，会有一些念头不受控制地蹦出来。那些念头不属于他，而是来自另一个韩小华，那个被切断在舱门另一边的自己。

“小华叔，你的算法变了。”笑笑蹲在他床前，语气中半是撒娇半是求和解。

“我的……什么？”

“算—法。”怕自己没说清楚，笑笑又拉长音节重复了一遍。

“你这乱讲，我又不是机器，哪来的算法？”

“笑笑没乱讲，人也有人的算法。”哥哥笑着，突然伸手指戳向弟弟的眼珠，韩小华立马闭眼躲闪。

“瞧，趋利避害，饿了要吃，发情了要交配，这些都是写在生物体内的法则，经过亿万年进化到现在，是最底层的生存算法。我还记得你从小就爱吃麦芽糖，没记错吧。”

“这也是算法？”

“麦芽糖是高升糖指数食物，能够快速提高血糖水平，提高在饥荒中的存活概率。但是对于带有糖尿病基因的人来说，这就不是一个最优算法，因为时代变了，发生饥荒的概率大大下降，而食物中的热量却显著增加。所以我们还得考虑来自亲代的遗传算法，也包括了行为上的表观遗传。”

“照你这么说，你和我的算法应该差别不大，对吧。”

哥哥顿了一下。

“我知道你的意思，小华，如果人都是先天决定的，那就简单了，就跟蚂蚁之间的差异一样可以忽略不计。可人还有复杂的后天因素，这才成为一个个独一无二的人。”

韩小华陷入沉默，他回忆起恍如隔世的另一段人生，那个不知从何而来的妻子，以及过山车般的经历。他开始有点明白了。

“会不会是……因为我的算法还是旧的，所以就算给一条完全不一样的路，最后也会走到同一个终点？”

“小华叔，你这个想法很大胆哦……”笑笑话说一半突然停下，脸上露出怕得罪人的表情，看到韩小华并没有不快，才接着说下去。“……也许我们可以从数学上证明，决定人生轨迹的并不是外部境遇，而是心智算法。”

“心智算法？”一下子听到太多新名词，韩小华有点发懵。

“从生存算法到遗传算法，再到心智算法，像一座金字塔，每一层都建筑在前一层之上，心智算法就在最顶层。它决定了你如何感知世界、认知态势、决策以及采取行动的整个过程。不像生存算法和遗传算法，心智算法在整个人生中一直不断地自我更新迭代。爸爸总说，人生就像滚雪球一样，最重要的是找到足够湿的雪和足够长的坡。”

“呃，其实是巴菲特说的。”韩大华不好意思地纠正。

“谁？”韩小华一脸不解。

“不管是谁说的，总之，就像在沙塔尖再放上一粒沙子就能引起整体崩溃，心智算法能够影响遗传算法，甚至改写底层的生存算法。”笑笑解释。

“我不明白……崩溃？为什么不一早告诉我！”韩小华眼神慌乱，再次试图起身，又再次失败。

“一早告诉你你能懂吗？”

第一次入舱的情形过电影般掠过韩小华眼前，尽管只是昨天，却仿佛隔了几个世纪般遥远。他知道哥哥说的是对的，同样的话，对于昨天的自己来说，只能是无意义的胡言乱语。他突然心生恼怒，既然已经选择了重过人生，为何还要选择最没有风险的一条路，一眼看得到尽头的人生还值得过吗？看来底层算法中的饥饿和不安全感依然牢牢掌控着自己的一举一动。

韩小华感觉自己和哥哥的距离不是近了而是更远了，哪怕回到自己最生龙活虎的年纪，却还是欠缺了哥哥身上的某种东西。他以前只有模糊而无法言表的概念，现在他清楚那种东西叫作生命力。

没有了生命力，哪怕你凭借作弊或运气抵达成功之巅，却依然无法应对随期而至的虚无与厌倦，你仍然会选择坠入深渊。

他想起了阳台上那个最后的问题。

“我还能再重来一次吗？”韩小华说出了自己都不敢相信的话。

“……只要你想好了，”哥哥也出乎意料，“你还有两次机会。”

笑笑看了叔叔一眼，向他解释道，由于没有接受长期的抗衰老疗法，他的大脑和身体状况最多只能再入舱两次，而且每次的回溯行程都必须比前一次更短。她打了个比方，第一次韩小华能回到兄弟两人高考抽签之时，第二次只能再往后面的时间点回溯，但三次的总行程不变，这次长了，下次就会短。

她似乎还想说些什么，却被父亲打断了。

“所以这次你想好回哪儿了吗？”

韩小华满脸皱纹堆起笑容，似乎又闻到了那阵茶花香气。

6

韩小华再次漂浮在记忆之海上，海浪轻柔，推搡着他想象中的身体。

这次与上一次不太一样，整个视野更加开阔了，他几乎可以闻到湿润海风中的咸味，水流的震荡模式发生微妙变化，他知道自己应该期待什么。

重力方向逆转，海面倾斜，如一座液体的山重重砸在他身上。韩小华自觉像孙猴子一样从混沌阴暗的五行山底，拼了命地往光亮的地方游去，仿佛要从那个缺口迸出，爆裂重生。他再也无暇去端详那些炫目的五彩气泡，就算每一个都包含着自己的一段过去，那又如何？无非梦幻泡影。

在漫长的上升过程中，他突然领悟到，这是时间与空间相互转换的一种方式，就像插秧时秧苗的疏密程度决定了收成的快慢。他讶异于自己的发现，而后便被白光吞没了。

韩小华睁开眼，眼前是一片水银泻地般的星空，裂帛般的浮云缓缓飘走，没有月亮，一切却罩在银蓝色的光中。

“你醒啦，可真能睡。”

声音带着笑意，猛地将韩小华拖入这个世界。他扭头看到了那张脸，二十一岁时的阿慧，即便在最黑的夜里，也好看得像发亮的银镯，让人忘了呼吸。

“诶，你大晚上的把我拉上山，不会就是来睡觉吧……”阿慧突然停住，意识到自己说错话。“……我，我是说，你睡觉，我看星星……”

夜色太暗，看不见她涨红的双颊。韩小华突然被巨大的幸福所淹没，眼泪几乎要夺眶而出。一切都美好得如此不真实，尽管他在记忆中无数次重播过这一幕，可那毕竟是五十年前的事了。如今纤毫毕现地复现在他眼前，他又怎能不激动得丢了魂儿。

“阿慧，我……”韩小华也话说一半卡在喉咙。

他知道自己接下来要说的每字每句：“阿慧，我要娶你过门，我会让你过上安生的好日子。”在另一个版本的人生里，他没有违背诺言，远离了饥荒、战争与颠沛流离的生活，安稳得像村口那棵老榕树，不再像父辈那样需要为了生计焦心发愁。

可那样的日子就算好吗？经过了人生分叉的韩小华开始怀疑这一点。

“……我要娶你，”他想了想，换了个说法，“我要让你过上不一样的日子。”

阿慧看着他，眼中扑闪着半个世纪前的迷惘。

——— * ———

这世上有三种人：农民、会计和赌徒。韩小华记得母亲总这么教育兄弟俩。

农民埋头种地，看天吃饭，饥一顿饱一顿，多半是要认命。

会计会算数，遇事心里算盘敲得噼啪响，做事按部就班，跟捉棋似的，能看多远就能走多远。

赌徒爱下注，拼的是胆，看的是手风，押对了鸡犬升天，押错了家破人亡，还有一句话，十赌九输。

母亲说，你们韩家祖祖辈辈是农民，要认命，可我希望你们至少有一个能当个会计，能想会算，最不能要的就是赌徒，我没见过有人靠赌大富大贵的，断了家门血脉的倒是不少。你们要谨记。

韩小华活了两辈子，一辈子农民，一辈子会计，这一世他决定忤逆母亲一次，当个赌徒。

——— * ———

他们很快有了第一个男孩韩凯，顶着刚出台的计划生育政策压力，韩小华又要了一个女孩，取名韩旋。他知道，这项政策的寿命不会超过 40 年，但将改变中国人口和整个社会未来的走向，当然，还有成千上亿条成型或未成型的生命。

村里的黄泥路一下雨就变成了沼泽，韩小华却考了驾照，张罗起车队。他要把各家各户的作物直接运到广州去，这是以前从来没有人想过更别说干过的事情。

亲戚们都劝他别瞎折腾，现在包干到户了，安心做好自己的本分就好，别像邻村的谁谁谁被当成投机倒把犯抓进去，那可是要掉脑袋的。

韩小华只是笑笑，他清楚自己所干的每一件事都有风险，但就像一个真正的赌徒，不会把注全押在某一手牌上，只要赢上一回，他就可以留在牌桌上继续游戏。

也正因为如此，每次和阿慧孩子们告别，他都特别仔细，像要记住他们皮肤上的每一道纹路,谁知道算法会把自己带向哪里。

八十年代的广州，就像大淘金时的美国西部，混乱中孕育着机会。许多人想从铁板一块的单位里逃离，更多的人想涌进去。这些人里大多数是来自省内农村的富余劳动力，为了摆脱背靠黄土看天吃饭的命运,拿上按月发放的薪水,他们成为了“农民工”,干起了城里人不愿意干的脏累重活儿:搬运、环卫、建筑、冶炼、化工、港务、煤炭……

韩小华经常和这些淘金者厮混在一起，甚至挤在他们的笼屋里过夜，那是在一片石屎森林的洼地中用铁皮钢管搭起的临时工棚。白天农民工到工地厂房四处搵命搏，连续劳作十几小时是家常便饭，晚上就回到霉味、汗味、饭味掺杂的窝里一躺。80平米的房间，一半是工房，一半住了几十号人，还堆放着各种粮食杂物。昏暗的灯光下，他们轮流抽着最廉价的生切烟，聊着各处看来听来的生猛八卦，下象棋、听港台流行歌、读黄色地摊小说，想象着未来的美好生活，然后在老鼠与蚊虫的滋扰中呼呼睡去。周而复始，日复一日。

虽然发大财的还是少数，可卖力气的计件工有一点好，只要不怕苦累，不怕没活干。他们都说，在广州，只要舍得出力流汗，就会有金子，跟乡下没法比。一个月到手的薪水等于在老家一年多劳作的收成，还得赶上好光景，于是每个人都像关了许久的饿狗被放出笼，不知疲倦地打着好几份工，然后把牙缝里抠出来的每一分钱都寄回家里。

韩小华赌得更大，他看到了这座城市的苏醒，如同昏睡已久的巨人，艰难而缓慢地伸展着躯体，想去适应新涌进的数十上百万人所带来的需求增长，粮食、蔬菜、副食品、供水、供电、供气、基础设施、公共交通……它由静止状态被强行拽上了跑道，喘着粗气、胸膛起伏、汗流浃背，可一旦这个巨人奔跑起来，便是势不可挡。

由封闭到开放，人的需求生长是不可逆的过程，这就是机会所在。

韩小华把新鲜农产品拉进城,再把好用的家电用品拉回村里，一趟车赚两趟钱。他的车队越来越大，覆盖的村子也越来越多。在中英签署联合声明和许海峰赢得第一枚奥运金牌的那年秋天，他成了鲤烧村历史上第一个万元户。而他知道，自己赌对了，这仅仅是个开始。

在新盖好的三层小楼里，阿慧摸摸窗台，又拍拍床板，就好像担心这一切都不是真的，只是某种幻术变出来的蜃影。

“放心，不是纸糊的！”韩小华笑着把她搂到床边坐下，剥了一颗椰子糖，放进阿慧嘴里。“瞧你，像小孩子一样。”

“我没有，我只是……觉得像在做梦。”阿慧似乎还没看够房间，眼神四处扫着，落到韩小华手上，那是一双皮肤粗糙，指节肿大的手。“你吃苦了……”

“只要你觉得甜，那就没什么苦的。”

“嗯，只是……有点太快了。他们都说你变了，变得跟原来不太一样了。”

“这样不好吗？我还觉得不够快哩。”

阿慧扭头看向窗外，火烧云渐渐淡去，隐入远山剪影，各家各户的灯开始亮起，照亮整饬一新的柏油路。她没再说什么，只是眼中的灯火闪烁不定。

———— * ————

这段人生比上一段要慢了十倍，这是韩小华入舱前的要求。

他不喜欢那种浮光掠影的感觉，像一个孤魂野鬼漂在世间，无法深入地去体验那些细微的情绪与质感。他觉得自己像被操控的傀儡，只是配合着剧情在演出一场舞台剧。

笑笑表示理解。

她告诉叔叔，在量子时代之前，就算是在E级超算“天河三号”上运行有一千万亿突触连接的大型模拟神经网络，也需要27.5分钟来计算一秒钟的生物时间，改进仿真数据结构后，时间减少到了4.2分钟。

那可是用来模拟核动力航母、大型强子对撞、第四纪冰川期甚至虚拟宇宙大爆炸的百亿亿次超级计算机，可见人类神经系统之复杂。

而到了量子超算时代，一秒钟可以模拟人类大脑多长时间的运转，你都不敢想象。

“多长？”

“十万年。”

韩小华张着嘴想了半天，没有人能活十万年，他想象不出这样的机器能派什么用场。

笑笑摇了摇头，“但是因陀罗系统需要映射到您的意识中，我们不能跑得太快，否则会让您的神经过载崩溃，也不能太慢，过于频繁的读写也会损伤您的边缘系统尤其是海马体。因此我们把速率设置在每秒计算 10 个地球日，如果一个人能活 100 岁，那么一个小时左右机器就能模拟完他的一生。”

“我想再慢一些。”韩小华说。

“OK，那就放慢到每秒计算 1 个地球日，也就是说，我们需要……”

“十小时，就像一场梦。如果我能活那么久的话。”

“没错，我还得提醒您，因为速度变慢了，所有的感官模拟信号都将得到增强，就好像你快进一段音频听不清的对话，恢复到正常速度就可以一样。好处是体验会更真实，情感更加投入，但坏处是我们无法预料你的神经反应，一旦我们认为刺激超过了你的意识熵阈值，可能将不得不提前切断连接。”

韩小华竟然全都听明白了。

“小华叔，”笑笑抚着他的后背，欲言又止，“您体验到的那些……都不是真实发生的，这您能理解吧。”

“这我当然知道，都说是模拟了嘛。”

“那就好，有时候，身在此山中……”

“不管怎么样，不是还有你嘛。”

——— * ———

在北京正负电子对撞机首次对撞成功这一年，韩小华决定举家搬迁到一座海岛上。这座岛获取自己独立的省级行政管辖权还不满一年，从某种程度上，它还是个婴儿，尽管人类已经在上面居住了数千年之久。

这个决定遭到了全家人的反对，令韩小华意外的是，来自妻子阿慧的反对最为激烈。

“韩小华，你根本就不是为了这个家！”记忆中那个柔顺的采茶女孩消失了，取而代之的是眼前这个声嘶力竭的生物。“你只是想赌一把，对不对？”

“我……”韩小华竟无言以对。

“先是广州，然后深圳，现在又是海南，孩子上学怎么办？老人折腾不起,那边有什么？要我们全家人陪你吹海风吃沙子？”

那边有未来。

韩小华心里想着，却没说出口。他不知道这些年都发生了些什么,阿慧怎么会变成这样。自己明明是想要给家人最好的生活，而且他清楚知道，不可能输，整个世界的时间都站在他这边。可他没办法说服家里人，他们已经厌倦了频繁的搬家，孩子学习跟不上，老人身体不适应，妻子交不到朋友，只能整天在花草猫狗上打发时间，甚至头顶高压锅练起了气功。

他们只是看不见我所看见的。

韩小华这么安慰自己，他让步了，让家人待在深圳，自己只身南下，成为一名“闯海人”。尽管每个月都会回家，可他闭口不提在那座岛屿上发生的任何事情。

四年间，岛上的房价翻了十倍，阿慧有点坐不住了。她旁敲侧击地怂恿韩小华，海南其实也不错，空气新鲜，还有吃不完的椰子。

韩小华忍住笑：“不是吹海风吃沙子了？”

阿慧翻了个白眼：“小气鬼。”

终于在一个周末，他们全家来到了三亚。摇下车窗的瞬间，阿慧和孩子们被狂欢节般的场面震撼了。道路两旁的椰树上，挂满了五颜六色的横幅，横幅上写满楼盘名称、房型和联系电话。浓妆艳抹的广告小姐身披彩带，乘着大大小小装扮花哨的广告车招摇过市，喇叭、电台、电视和报纸上全是用词浮夸的房地产广告，挠得每个人心里痒痒。

韩小华指着一棵棵椰子树，说我在这里这里和这里都买了房。

阿慧张了张嘴巴，什么话都没说出来。

无论去吃饭、逛街还是上厕所，都会有人认出“韩老板”，掏出被揉得皱巴巴的“红线图”让他看地。上面有土地部门签发的关于获批土地的范围和位置，即便经过多次复印之后，已看不清具体方位、面积与地貌概况，但所有人都深信不疑，这张纸就是未来，就可以讨价还价。然后买家便会复印下这张图纸，摇身一变成为卖家，去寻找下一个接盘者。

“一张图可以串起十几个买家哩，就像串蚱蜢一样。”韩小华跟阿慧和孩子们说。

“那怎么给钱呢？”阿慧不解。

“最后的买家把钱打到银行一个公共户头，中间人各自拿走属于自己的费用，然后真正的买家卖家才能见面。”

“所以中间这十几个人都是空手套白狼咯。”

“没有他们，价也不可能一天天地往上翻啊。”

“可那只是一张纸啊，连个屁都没有。”

“话也不能这么说……”韩小华眨眨眼睛。

十几分钟后，一家人顶着毒辣的太阳站在沙地里，眼前是一栋灰黑色离盖好距离甚远的大楼，在潮湿的海风中暴露着自己的内脏和骨架。阿慧抬头看着，眼前一阵发黑，摇摇晃晃地赶紧扶住韩小华的肩膀。小孩们倒是开心得很，蹦蹦跳跳地踢着工地上的石子。

“真的是赌啊……”阿慧气若游丝。

“你不懂，只要有人接盘，我就不可能输，这是大势所趋。”

当天晚上，一家人在海滩夜景中吃着海鲜大餐，孩子们用沾满金黄蟹膏的小手胡乱抹嘴，四周人声鼎沸，无论是哪里的口音，他们都在谈论着同一件事，未来。阿慧没怎么动筷子，她把韩小华叫出去，两人在细幼的白沙滩上一前一后地走着，旁边飘来若有似无的卖唱歌声。

……哎呀 南海姑娘 / 何必太过悲伤 / 年纪轻轻只十六吧 / 旧梦失去有新侣做伴……

“有话就说嘛，你平时不是这样的。”韩小华终于赶上了阿慧，她的侧脸在海面柔和的反光中依稀还是当年的模样。

“华，这么多年了，我没有求过你什么吧。”

“……嗯。”

“那这次你能听我一句吗？”她突然转过身来，正对着韩小华，反倒是韩小华低垂着眼，用脚趾在潮湿的沙地上挖坑。他知道妻子想说什么。

“这几天我眼皮老是跳，总觉得会出什么事。”

“……嗯。”

“华，你收手吧。”

韩小华在沙地上挖出的深坑被冲上岸的潮水淹没，随之消失的还有他的脚踝。

“她是对的，你赢不了。”

阿慧的声音突然变了一个腔调，韩小华心头一缩，在这热带岛屿的盛夏之夜，如有一阵寒风激起他浑身的鸡皮疙瘩。他抬头，阿慧的脸隐没在阴影中，似乎有另一张脸漂浮其上，影影绰绰地动着。

“不想重蹈覆辙，就听她的……华，你听到了没。”

那张漂浮的脸消失了，阿慧的声音也恢复了正常。

韩小华看着遥远的海面，巨大黑暗的云团如同城堡般层层叠叠，像是有某种无法言说的力量在吸引着自己，走向黑暗，走向大海深处。他摇了摇头，回过神来，看见阿慧焦灼的眼神，有种深陷沼泽的无力感。

……旧梦失去有新侣做伴……

“我知道了。”

韩小华中止了自己的下注，兑筹离场，带着深深的不满足，看着海南房价继续每天一个台阶地跳涨着，他觉得自己输了。

第二年，国家出手了，严令禁止银行资金进入海南房地产，国有四大银行的烂账高达300个亿以上，挤压资金800多个亿。近两万家房地产公司倒得不剩几家，南海边的夕阳下，到处矗立着黑色墓碑般的烂尾楼，全岛高达1600万平米。炒楼花的人们，如丧家之犬匆匆路过不敢多看一眼。

大萧条持续了三年，而岛上房地产完全复苏得一直等到十多年之后。

那段时间韩小华在家里不怎么说话，尽管阿慧从来不主动提起这件事，可韩小华还是觉得自己跑得窝囊。他在纸上每天写写画画，像是撞了鬼似的不干正事，终于有一天他突然大喊一声，懂了。

“你懂什么了？”阿慧问他。

韩小华答非所问：“你还记得蛇口微波山下那块牌子不？”

“什么牌子？”

“时间就是金钱，效率就是生命。”

“有话直说，别装神弄鬼……”

“记得我跟你说过的，那根串起十几只蚂蚱的线吗，它不是凭空悬着的，它捏在一只看不见的手里，庄家的手。它保证了效率，却并不公平，只有把手拿开，让那根线自己去决定每只蚂蚱的命运……”

“黐鬼线。(潮汕方言，指神经兮兮、言行举止不正常)”

阿慧翻着白眼走开了。韩小华嘴里却还不停念叨着，他知道要干什么了，他要找哥哥，做一个大得不敢想象的局。

他已经忘了自己回来的原因。

———— * ————

香港回归那年的冬天，在哥哥不足二十平的办公室里，韩小华和盘托出自己的想法。这是母亲去世之后两人第一次见面。韩大华彼时是个刚刚勉强升上应用数学系副教授的不成功人士，因为一些离经叛道的思想屡遭学界排挤，他嘴脸冰冷，言辞激烈，根本不像别人刻板印象中的农家子弟。

除了一点，他对自己仍然是遗世独立般地自信。

说完了，韩小华等着哥哥翻山倒海的批驳。可哥哥竟然在屋里点了棵烟，长吸一口，又递给弟弟，在他们年轻潦倒的时候，经常这样分享好东西。

“这都是你自己想出来的？”

韩小华尴尬地笑了两声。

“这个想法很大胆，也很危险，它挑战了很多东西。”白烟从韩大华口中喷出，“见了鬼了，它跟我一直在做的课题还真的有关系。”

“所以你能做？”韩小华两眼放光，竟然习惯地把点燃的烟往耳朵上夹，被烫得一惊，落了一身烟灰。

哥哥笑了起来，肆无忌惮，像在嘲讽全世界，和二十年前没有两样，看来这个习惯他也改不了。

“底层算法只是一方面，还需要网络和终端的配合，看看那只猫，”哥哥手一指，韩小华顺着看去只有一个嘎吱作响的白盒子，并没有什么猫。“56k 的龟速，什么也干不了，至少现在没戏。”

韩小华用脚碾着地上的烟，烟丝从肚子里爆出来，蹂得遍地都是。他一言不发站起身，挥挥手表示走了，却被哥哥一句话拽住了脚步。

“现在没戏不代表将来没戏。”

他回过脸疑惑地看着哥哥。

“我们现在在山脚下，”韩大华在白板上画了一个坐标系和一条陡峭上扬的曲线，在靠近原点的位置敲了敲，“谁也说不好什么时候技术会爆发，三年？五年？但我知道它就在那里，它一定会到来。只是需要时间，和钱。”

韩小华又坐下来：“你拿什么下注？”

“……我的人生，这是我欠你的，也该还了。”

“你在说什么？”

片刻沉默之后，哥哥突然一改之前的骄横，显得局促不安起来，他在白板上胡乱画着什么公式，嘴里喃喃自语，又突然停下，把笔一扔，像是缴械投降般口气低软下来。

“抽长短的时候我作弊了。”

韩小华愣了几秒，突然明白过来话里的意思，脸瞬间涨得通红，他站起身，攥紧拳头，又松开，浑身筛糠似的抖着，失去了张嘴说话的能力。

“当时我觉得就应该我去上学，这是为了整个家族考虑……可现在，我知道我错了，大错特错。你本该比我有更高的成就。”

韩小华看着哥哥，就像一个婴儿冲着镜子里的自己发怒，突然明白了自己在阿慧眼里是怎样一个人。他深深吸了一口气，走到哥哥面前，伸出手。哥哥紧闭上双眼，准备迎接痛击。

“我给你钱和时间，不过，我们要签一份协议。”

哥哥睁开眼，像是第一次认识弟弟。

——— * ———

哥哥足足花了十年时间实现韩小华当初的想法。

在这十年里，韩小华看着自己的孩子一个个长大成人，成家立业，也看着阿慧迅速地由花样少女进入不惑之年。他们一起周游过世界，吃过最昂贵的白松露和最稀有的蓝鳍金枪鱼腩，他感谢妻子在关键时刻做出的决定拯救了全家，但同时，对于自己心底深处最隐秘的渴望被强行中断一直耿耿于怀。就像一个虚幻的伤口，总在不时隐隐作痛，提醒他还有未竟之事。

阿慧似乎也感觉到了什么，两人之间日渐疏远，有时竟然一个月也说不上一句话。

他投资哥哥开发的云链系统已经成为全球通用的几大区块链标准之一，甚至因为它对于主权国家的尊重和跨链交易的友好性，被视为最有可能一统天下的技术架构。毕竟它帮助全球市场逃过了一场金融风暴。

他们押对了历史，而回报已经变得没有那么重要了。

当一切都变得确定无疑时，韩小华发现现实对他的吸引力在迅速流失。

在可见的未来，中国将引领整个世界走向一个更加智能、公平、开放、倡导共识的文明阶段。但同时，人口老龄化和虚拟经济的系统性危机将不断干扰世界的运行轨道。各方力量交叠之后将层层传递到每一个个体的身上，表现为精神领域的虚无与焦灼，信仰的失落与极端化。新的科技不断被创造出来，为了解决人类琐碎而无聊的问题，却引发了更多琐碎而无聊的问题。

在那座热带岛屿被定位为国际旅游岛的那一年，韩小华决定自己建立一个小小的王国。就像童年时在农舍后院围起来的一片天地，有鸡鸭鹅，有猫狗青蛙，有干枯的水井和被遗弃的破败神像，尽管混乱嘈杂，他却可以生杀予夺，行使唯一的国王威权。

开始时，那只是亚龙湾一块尚未被连锁酒店开发商占领的临海滩涂，经过建筑工人和工程师十八个月的改造调试之后，成为了韩小华口中的“亚龙巴比伦”。

这个特殊的乐园属于邀请制，受邀的贵宾需要预先交一大笔押金，押金会被转化为虚拟货币存入通证账户中，之后的一切活动都只需要动动手指头便可完成支付或者下注。最妙的是，每个虚拟货币可以被分成无限多份，理论上不存在计量单位的下限。

无处不在的纳米传感器和即时智能合约，让亚龙巴比伦园内的一切都可以成为下注的对象。

海潮涨落的精确时间。寄居蟹与海鸟之间的捕杀游戏。椰树上每天掉落的果实数目。一对陌生男女之间谁先发出性爱邀约。台风登陆点。股票价格。孩童在沙滩上搭建城堡的高度。酒量。突发或计划中的死亡。

一切都是在云链上自动完成的，无需庄家，无法出千。

每个人都可以发起赌局,每个人也将成为他人赌局的一部分。

这种近乎无限的链式赌博成为一种地下时尚，无数新富旧钱挤破头只为了过把瘾。韩小华很快意识到这片滩涂已经容不下他的王国，一来是地方不够大，二来是亚龙巴比伦已经触及到一些主权国家绝对不容挑战的底线。一位来自印尼的客人提出了让他无法拒绝的解决方案。

这位VVIP在印尼北苏门答腊省附近海域拥有一片无人岛群，足以承载你最狂野的想象，他翻着肥厚的嘴唇这样告诉韩小华，毕竟我们国家有一万七千多个岛。

印尼人提供场地与资金，韩小华提供技术，双方共享收益与风险。唯一的附加条件就是，当印尼人邀请韩小华加入某个赌局时，韩不能拒绝。

他们约定这样的机会有三次，当时的韩小华并不知道这意味着什么。

——— * ———

第一次受邀参加赌局时，韩小华正在文昌航天发射场看长征七号点火升空，尽管距离遥远，巨大轰鸣仍然压迫着他的耳膜。他看着火箭在蓝天拖出白浪般的尾痕，约603秒后，载荷组合体与火箭成功分离，进入近地点200千米，远地点394千米的椭圆轨道。

他的卫星电话随之响起，来自一条加密信道。他知道，是时候启程了。这次，他会带上阿慧，缓和一下双方冷战已久的关系。

除了开业以外，韩小华这五年没有踏足过黎哈贾巴比伦，只是通过远程监控系统，时不时抽调一些有趣的赌局消遣时光，这比投身其中更能给他带来快感。有时候他会想，也许上帝就是这样一个不在场的荷官，假装公正却操控一切。

印尼人苏先生对于韩小华带上太太表示惊讶，他私下表示，到这里的人很少带上自己的家人，就像是一处放飞自我的秘密宫殿。

“您一定很爱她。”他奉承道。

韩小华只是笑笑，并没有接话，远处的阿慧只把这儿当作又一个度假胜地，正在欣赏着旖旎的海岛风光。她已经跟不上外面世界的节奏，这跟她去过多少国家、逛过多少博物馆、买过多少艺术品无关。她已经停止了成长，只能用旧眼光看待事物，这让两人之间的交流充满摩擦与障碍。

他不得不伤感地承认，阿慧已经老了。可难道自己不也是如此？

“所以你提议的赌局是？”

“所有其他股东都押你不会同意，因为你是个有原则的人。”苏先生抽了口雪茄，让仆人打开盒子给韩小华，韩摇摇头，他不喜欢那种味道。“五年了，我们的增长曲线在放缓，客户有了更多的选择，他们开始觉得不够刺激，人都是这样的，给一点甜头就想要更多。”

“你的意思是？”

“现在的算法，无论是智能盘口还是推荐规则，都还是你当初那一套防沉迷的保护机制，可时代不一样了，你不做，别人也会做。总有更让人上瘾的东西。”

“你想改算法？”

苏先生笑了笑，跟韩小华碰了一下杯，这个年份的酒有种奇怪的味道，像是烧焦了一整座森林之后的余烬。

“不改算法，生意也可以做，只是看得到头了。韩先生，你的孩子多大了？”

“儿子 34，女儿 32。”

“你们中国人有句话，富不过三代，这是有理论依据的，所以富人们发明了各种手段把财富尽可能地延续下去，世世代代。要我说，最根本的原因就是儿孙们丧失了赌性，那是一种终极的生命力。”

韩小华震了一下，这话勾起他记忆深处的某个涟漪。

“所以我站在他们的对面，押你会同意，现在轮到你了，韩先生。”

两人的对话突然被打断了，惊魂未定的阿慧被仆人搀扶着来到韩小华身边。她说刚才自己看见一个浑身赤裸的女子从树丛中逃出，摔倒在面前，向她伸手求救，但随即被三名装束怪异的面具男子拖走。那女子突然停止呼救，抬头对阿慧说，我在你身上下注了。

“她是什么意思？”阿慧手还抖着。

“最大限度地满足客户需求，是企业根本的原则。”苏先生笑着把话题岔开。“如果你满足不了，客户会用脚投票。”

阿慧张了张嘴，像是在说什么，却没有声音发出来。

韩小华抚着阿慧的手，发皱的皮肤上已经开始浮现斑点，他知道自己的答案。

*

“为什么不让我阻止他，他的意识熵正在急剧升高。”

“因为这正是他想要的。”

"可这太危险了，他简直像变了一个人！"

"我说了，这就是他想要的。"

"……好吧，也许你说得对。"

"相信我，笑笑，没事的。"

*

在大湾区正式成立的那年，韩小华迎来了第二次邀约。东南亚此时处于两股超级力量的抗衡夹缝中，左右摇摆，这场龙象之争所带来的地缘政治不确定性及经济动荡，却更助长了黎哈贾巴比伦的人气。

富贾豪客们似乎看透了世事无常，慷慨地将财富抛掷到赌局中，这种历史悠久的游戏似乎比任何其他娱乐更能刺激人类的原始本能，再加上经认知科学优化过的算法，能最大化地激发杏仁核的恐惧及中脑边缘多巴胺系统的奖赏机制。

更不用说他们在玩家中混进了许多 AI，它们清楚每一个人的弱点和极限，会使用各种博弈策略来诱惑人类投下最非理性的赌注。而越是输，人就越想赢，就像卡尼曼和杜维斯基[1]在 40 年前的实验中所证实的那样，也是人类心智算法的一种缺陷。

小岛们又开始变得拥挤不堪了。

1 卡尼曼（Daniel Kahneman，2002 年诺贝尔经济学得主）和杜维斯基（Amos Tversky，于 1996 年逝世）是行为经济学的奠基人，将心理学成果与经济学研究有效结合，从而解释了人类在不确定条件下如何作出判断。他们对人类赌博行为进行了大量实验，其研究成果挑战了正统经济学的逻辑基础——理性人假定，并提出了著名的"前景理论"。概括来说，有三大基本原理：(a) 大多数人在面临获得的时候是风险规避的；(b) 大多数人在面临损失的时候是风险偏爱的；(c) 人们对损失比对获得更敏感。

“所以你这次押的是什么？”韩小华已到耳顺之年，渐渐对这场游戏失去了兴趣。他已经无需再证明什么，唯一的遗憾是与阿慧的关系似乎已经无可挽回，他越是努力想要把那块拼图按进缺口，却越是感觉到某种无形的斥力，将那个曾经同卧星空下的心上人推得遥不可及。

他想，这也许就是岁月的力量。

“我们买下了那些新岛，”苏先生做过手术的脸亮得有点不自然，他指着不远海面上漂浮的几座岛屿，如巨兽般沉睡。“岛上的原住民对我们的赔偿方案不太满意，一直不肯迁走，拖延了工程进度。”

“我还以为你们对这种事情应该轻车熟路了。”

“当然，这样的事情每天都在发生，不是在这里，就是在那里。”苏先生眨眨眼，像是头经过精心驯化的海豹。“可我们还是需要走一个形式，毕竟你是大股东。”

“你们打算怎么办？”

“赌场的事情，当然用赌来解决，难道还像驱逐印第安人那样吗？”

韩小华沉默不语，他太了解眼前这个印尼人了，笑容无法掩饰他血液里的残暴和冷酷。

这就是那个赌局。

在黎哈贾巴比伦破产的输家们被给予一个机会，他们将组队登上新岛，面对人数是他们三倍（当然也是由算法决定）之多的原住民战士（身材矮小却骁勇善战），他们将在专门辟出的战场中展开最原始野蛮的赤手厮杀，以最后一个站立者决定双方胜负。

而双方各派出一名代表下注。

更为有趣之处在于，无论是赌客代表还是原住民代表，都允许向任何一方下注，不存在所谓的背叛，最后以系统根据盘口计算出最后的赢家，如果赌客赢，则原住民迁离岛屿，反之，则改建计划无限期延后。

明眼人一眼就能看出其中的不平等，原住民没有上链，没有通证和虚拟货币，更不用说计算赢面所需要的基础数学技能。苏先生言之凿凿可为原住民代表开通账户、提供无息借贷并进行一切所必须的体验辅导，直到他熟悉赌局规则愿意下注为止。

原住民接受了赌局，并派出了他们认为运气最佳的代表——族长之子。

很显然苏先生研究透了对手的认知模式，这件事在原住民文化里首先被解读为“荣辱”，其次才是“输赢”，甚至他们都忽略了还有一个选项叫作“拒绝”。

而黎哈贾巴比伦派出的代表是韩小华。

他站在战场上方的观战台上，想起了童年时在后院斗鸡的回忆，无论结局如何，最终都是一地鸡毛，正如眼前这场赌局。他已经知悉了苏先生的伎俩，无论哪一方获胜，他已经成功地让原住民接受了新科技的洗礼，甚至，让未来的族长尝到了赌博的欣快感，这种心瘾将像瘟疫一样蔓延，改变部族的命运。

而那些战士，不过是无足轻重的筹码罢了。

那么我呢？韩小华突然迟疑了，为何苏先生要让自己扮演这样的关键角色。想借助我的失败削弱我在董事会的权力吗？他觉得自己的策略被看透，这让他的下注更加谨慎。留给他思考的时间不多了。

韩小华耳畔响起阵阵鼓点，并不年轻的身体竟然也随着节奏共振，血脉贲张。他看着那些被算法逼到绝境的赌徒们，似乎尚未从过度文明的状态切换过来，脸上挂着一副担心昂贵套装被弄皱的表情。而对手尽管矮小如弗洛里斯人后裔，却个个双目圆睁，额前绘满红色战符，挤出只有在极端愤怒下才可能出现的眼睑细纹。

在他下注前的一瞬，不知为何，眼前闪过十五年前南海边上阿慧的脸。

一声长啸打破他的幻觉，战士如蛮兽出笼，朝敌人扑咬过去。

而死死盯住自己的，是族长之子血红的双眼。“爸，为什么会这样？小华叔的心智算法明明已经变了，可人生还是收敛到同一个结局上……”

“也许是因为他还固守着某些东西？某些我们无法辨识计算的模式。”

“那是什么？”

“我不知道，笑笑，我已经远离那种生活太久了。”

*

新变种流感病毒席卷整个东亚大陆的那一年，阿慧也不幸中招，还好韩小华购买了完备的智能医疗服务，针对她的基因图谱订制了靶向药物，很快就恢复了健康。

奇怪的是，在阿慧生病的期间，两人的关系反倒好了起来。不是因为韩小华的悉心照料，而是因为从彼此身上看到了生命的脆弱，感到了需要与被需要。

他们并排躺着，回忆当年的种种，恍如隔世。

阿慧会问韩小华，老韩，难道这辈子你就没对别人动心过？

韩小华犹豫了片刻，说没有那肯定是假的，只不过……

“不过什么？”

“……我就是学不会怎么去爱上另一个人。”

阿慧沉默了许久，终于噗哧一声笑出来，说老韩你这酸词儿从哪儿偷学的。

韩小华嘿嘿笑着，说那你呢。

“我什么？”

“那年我那么穷，啥都没有，你怎么就跟了我。”

“当时傻呗，想着你能记得我喜欢吃椰子糖，还答应带我去看椰子树，就嫁了呗。”

“就这样？”

“就这样。”

“那你还真是……”韩小华话说一半又忍住。

“真是什么？你快说，不说我跟你急。”

“真是……”

电话铃声响了，打断两人的温馨时刻。是来自苏先生的最后一次邀约，这次，他对阿慧也发出了邀请。于是，两人来到了韩小华上次赢回来的新岛上，像是一场久违的蜜月旅行。

在新岛的探索过程中，韩小华惊奇地发现原先的原住民们并没有迁离，而是变成了赌场的侍应、劳工和奴隶，甚至在一些限制级的赌局中充当道具。这些矮小而好斗的岛主如今低眉顺眼，为了小费极尽谄媚讨好，甚至互相排挤倾轧，他亲眼目睹为了争抢一个客人，几个矮人如同野狼般撕咬起来。

苏先生微笑着说，他们都是为了偿还赌债自愿留下来的。

赌场的技术又有了升级，如今只需通过语音口令便可执行所有复杂操作，而依附于智能合约之上的拘束力场可以防止出现暴力违约或自杀的现象。这使得整个岛屿更像是希罗尼穆斯·博斯画中的怪诞乐园，魔法与科技，欲望与信仰，如首尾相衔的乌洛波洛斯之蛇，无缝交融。

阿慧对于这些并不感兴趣，只是在矮人向导的带领下看遍了岛上的自然风光，其他时间都是在酒店里看互动节目消磨时光。她丝毫没有注意到那些矮人看她时眼神中隐藏的信息。

一个礼拜过去了，苏先生对于第三个赌局只字不提。

直到有一天，韩小华发现阿慧不见了，遍寻未果，他拨通了苏先生的电话。

“下注的时候到了。”电话那头的声音依然带着笑意，像一只冰凉的手猛地攥住韩小华的心脏。

一片迷宫般的墨绿密林出现在韩小华面前的显示墙，白色雾气缭绕。苏先生站在他身后，保持着安全的距离，尽管在拘束力场作用下，几乎不可能有意外发生。

阿慧出现在一块更小的叠加屏幕上，镜头角度不断变换，她似乎在寻找着什么。分屏随着阿慧在密林中移动着位置。

“阿慧……她在那里干吗？”

“矮人管家告诉她，你让她去森林碰头，有个惊喜给她。”

“你为什么要这么做？”韩小华愤怒地回头，苏先生却无辜地摇摇头。

“不是我，接着看。”

另一个人影出现在密林的另一端，从雾气中影影绰绰地出现，那是一个矮人无疑，缓缓地朝着阿慧的方向靠近。

“那是……”韩小华屏住呼吸，在看清那张脸的瞬间，他浑身僵住了。那张脸来自曾经的族长之子，他的输家，模样成熟了不少，但眼神却依然充满杀气。

阿慧，你真是……好骗。

韩小华终于在心里把那句话说了出来。

“上一次，你赢了他，但在他看来，却是一种羞辱式的赢法。因为你把注押在原住民那边，再利用算法里的先后手规则赢了赌局。他失去了家园，失去了部族的信任，失去了父亲。这次他终于等到了机会。他要夺走你最珍爱的东西。”

苏先生像是平淡地解释着一场游戏的规则。

“你早就知道了，可还是让他这么做！”韩小华拔腿想往外冲，却发现自己动弹不得，是拘束力场的作用。

“很抱歉，我已经下注了，你必须完成这道程序，才能恢复行动，这是你的算法。”

“你想赌什么！我陪你！”

“Show hand.”

韩小华愣住了，他知道这个词代表的意思。对于他来说，云链时代的 show hand 意味着关联在链上的所有资产，没有一分钱能够逃之夭夭。曾经被他视为信仰的最安全的资产保障方式，如今却像是个骗局。

苏先生为了做这个局，足足花了十年。

“不用看智能盘口你都能想象，阿慧逃掉的几率有多低。所以你可以选择，押阿慧活，输掉一切；或者押阿慧死，也许还有一线机会，毕竟上次你就是这么赢的，不是吗？”

屏幕墙上的两个人越来越近了。

韩小华的身体剧烈抖动着，他从未觉得自己如此衰老而虚弱，仿佛随时都有可能散成一地沙砾，他必须集中精力，思考思考思考，做出那个艰难的决定，也许还有机会救下阿慧。

苏先生一定都计算好了，他看破了韩小华。

如果押阿慧活，那就只有救下阿慧一条路，全赢或全输，倘若人财两空，自己也没有了继续活下去的理由，这就是苏先生处心积虑想要的结果。可自己真的有信心能够救下阿慧吗？

如果遵循赌徒的理性，押阿慧死，就意味着即便韩小华救下阿慧，也将输掉全副身家，包括在赌场里的股权。就算是两人都押中了阿慧死，打成平手，根据先后手规矩，后下注的人赢；如果两人都押错的话，平台抽佣，赌局作废。这看起来是诸多可能性中最完美的一种。

可是什么样的人会赌自己的爱人死呢？

苏先生用赌局复杂的规则诱使韩小华大脑中的理性算法自动运转起来，压制住掌管情感与记忆的部分。韩小华惊觉自己陷入了当年原住民的困境，心智纠缠在输赢之上，牢牢打了个死结。

"时间不多了哦。"苏先生善意地提醒，似乎自己已经赢了。

阿慧和族长之子的分屏边缘开始接触，交叠，整片密林似乎变得更加阴暗了。

韩小华低下头，轻声说出他的抉择。

苏先生一愣，随即笑了。

"你一定很爱她。"

韩小华腿下一松，差点失去重心跌倒在地，但并没有。他以不符合年纪的速度夺门而出，迅捷奔跑，任凭心脏疯狂撞击胸腔，喉咙如同火烧般灼热。他穿过市集、人群、商贩、沙丘，一张张不同的脸转向他，投来的却是相同的熟悉目光。他眼前不断浮现不成形的记忆碎片，那是阿慧在他生命中刻下的痕迹。

他终于看到那片密林，比显示墙上的远为庞大茂盛。他按着比例尺大概换算方位，在潮湿的雾气与尖利的植被间踉跄穿行，不时有热带鸟类从灌木丛中惊飞，羽翼掀开雾气一角，复又拢合。韩小华双腿发软，浑身湿透，近乎崩溃，他大声呼喊着阿慧的名字，嘶哑嗓音被藤蔓与苔类吸收，如光陷入黑洞。

就在他迹近绝望时，耳畔忽听得鬼魅般的歌声。

……旧梦失去有新侣做伴……

韩小华循着歌声，拨开层层叠叠的阔叶林，脚下松软的腐殖土散发出令人迷乱的气息，如随时可能把人吞噬。他终于看到了在不远处的雾幕上，映出一个跪坐着的轮廓，那轮廓分明是阿慧的模样。

他大喜，呼叫着狂奔上前，脚步带起的风驱散了雾气，那里并没有一个跪坐着的阿慧，只有一具几乎与褐色地衣融为一色的躯体，安着一张摇摇欲坠的惨白的脸。

韩小华感到什么东西在迅速从自己的体内流失，肉体似乎跟不上感官的速度，被落到了后面，他的恐慌加速了意识的解离，努力想伸出手去触碰那具身体，却发现手臂似乎在数光年之外。

他一头栽进了那具熟悉的身体里，像掉进一口没有尽头的深井，一切都被拉扯成光的线条，纠缠成无法描述的形状。

7

足足过了三天，韩小华才说出第一句话。

“烟，”他说，“给我烟。”

笑笑给叔叔点上烟，他大口大口吸着，手指发抖，吐出破损的烟圈，整个人看起来更苍老了。哥哥大华在一旁坐着，面无表情，似乎眼前的一切与他毫无关系。

吸够了烟的韩小华闭上眼，表情复杂，似乎在回味那个无比漫长的梦。末了，他的脸痛苦地抽动了几下，猛地睁开眼睛，像是要确认自己是不是真的回到了现实中。

“你为什么要这样对我！”

“小华叔……您冷静一下，那些都不是真的。”笑笑安抚他剧烈起伏的胸膛。

韩大华依然保持沉默。

“你敢在你女儿面前发誓那些都不是真的吗！”

“爸……”笑笑疑惑地扭头看向父亲。

许久，韩大华终于起身，背对二人，望向窗外。

“这取决于你如何定义真实。”

“无论在那个世界还是这个世界，至少在抽签这件事上，你肯定做了手脚，否则就无法解释你现在所做的一切。我所认识的韩大华，从来不会考虑别人死活，哪怕是亲弟弟。”

笑笑吃惊地看着叔叔，这已经不是几天前那个闭塞木讷的老农。此刻的韩小华，说话口气竟然有几分像父亲，冰冷缜密，斩钉截铁。

“小华，我……”韩大华一时语塞，两人好像调换了角色般，有种不真实的荒诞感。“……我懂你的感受……”

“你懂个屁！”话音未落，韩小华竟然哽咽起来，笑笑忙不迭地哄着，像哄一个受了委屈的孩子。

哥哥长叹一声，又跌坐回去，用低沉柔软得不像自己的声音，讲述他在因陀罗里的经历。

尽管在商业领域已经站到了金字塔尖，韩大华内心始终有种不满足感，就像完整的拼图里缺了一块。他不明白这种感觉从何而来，直到投资了因陀罗系统。他以为自己找到了重新开启人生的不二法门，只不过这扇法门每次打开都是通往完全不同的人生，而每一段人生都将改写他的算法。

他在最好的年华，数十年如一日地蛰伏于深山中的天体物理实验室，与星空、野兽和数字做伴，渴望有朝一日能利用遥远类星体探测宇宙膨胀的历史。习惯于追逐风口的韩大华第一次感受到了执着的力量。

他在成功峰巅激流勇退，到人类最原始混乱的区域生活。每天长达十几小时的重复劳动，食物无法提供足够的热量，只能靠廉价精神药物来勉强支撑，随时可能在极度恶劣的卫生环境和暴力冲突中丧生。韩大华理解了并非所有个体都能够追求当下低回报、高投入、长周期的狩猎酬赏，而只能沉迷于即时满足的感官刺激和生存需求。

他摆脱了地心引力的束缚，成为中国空间站的一名通讯工程师。除了维护日常通讯系统正常运转以外，他还要在一号实验舱“问天”与来自其他国家的科研工作者们展开量子调控与光传输研究，这将引爆下一场通讯革命。韩大华得以从一个更超越的视角去看待自己所生存的脆弱蓝色星球，以及人类如何作为一个文明整体，突破种种藩篱，携手打造共同的未来。

他开始改造自我，开始是基因疗法，后来是纳米融合和脑皮层重建，更不用提各种增强肢体的配件，试图摆脱人类固有生物层面的束缚，去感受和认知一个全新的世界。韩大华更新了对生命的定义，他甚至产生了一种幻觉，自己已经超越了对死亡的恐惧，仿佛一探手就能触到永生。

可那个缺口还在，像是埋藏在躯壳底下深不可测的一方黑洞，无论他丢进去怎样极端的体验和非凡的成就，始终无法填满，没有一点回声。

于是，他想到了弟弟。

过着在他看来最庸常琐碎人生的弟弟，却从未流露出不满足，这简直像是神迹。

听完哥哥的故事，韩小华陷入了沉默。现在他明白了，因陀罗系统并不像哥哥先前所说的那么简单，只是对记忆的回溯和重写。它更像是一台制造现实的机器，能够从任意一点分岔出无穷无尽的可能性。而在那一个世界里，你所体验到的就是真实存在的，无论是以比特、量子还是神经脉冲的形式。

他没有想到的是，自己也会随之改变，而且是翻天覆地的改变。

“你从来没有看见笑笑吗？或者阿妈，或者我？在那些人生里。”他问哥哥。

笑笑抬起了头，不解地望着叔叔，又看向父亲。

“……”韩大华似乎努力在回忆，半晌，疑惑地摇摇头。“没有。”

“也没有任何一个你所在乎的人？”

“没有。一直都是我自己。”

“也许这就是原因。”

“什么？”

“你从来只相信自己，不希望任何其他人成为你的负担，拖慢你狂奔的脚步。你可以去到任何你想去的地方，实现任何你想实现的梦想，因为你没有羁绊。但是没有了羁绊，也就没有了爱。能够定义我们生命的，除了死的维度，还有爱的维度。能让我们真正超越对死亡恐惧的，就是真正的爱。”

弟弟的话让韩大华僵住了，他像一个机器突然被载入了崭新的模块，吃力而痛苦地摩擦着磁条，试图解读这指令中隐藏的信息。

“这就是为什么你每一次的结局都是……”笑笑若有所悟。

“是的，我也是才领悟到，在心智算法之上，也许还有另外一层，那是爱的算法。看似虚无缥缈，却往往能起到决定性的作用。”韩小华眼带同情地看着笑笑，她被培养成父亲眼中完美的模样，一个能够精确执行指令的无爱之人。“这难道不就是你们一开始想要找的东西吗？”

笑笑低下了头，似乎被看穿了什么秘密。韩小华却释然地笑了起来。

“如果能帮到哥哥，就算被利用也无妨吧。看到生命的有限、荒凉与无奈，才生出慈悲心，慈悲也就是爱。”他顿了一顿。“我还有最后一个请求……”

“你疯了吧，你的身体扛不住的！”哥哥终于反应过来。

“小华叔，爸说的是真的，你已经到极限了，我不确定你还能撑多久。”

韩小华眼中闪烁着奇异的光，仿佛看到了每一个人的每一个未来。

“请给我一段最慢的人生，哪怕只有一瞬，也是永恒。”

8

漂浮。旋转。拍打。升潜。

韩小华回到了五年前那个黎明。正是日出前的至暗时刻，他被身旁阿慧的呻吟声所吵醒，她已经发烧三天了，却拖着不愿去医院，觉得像以前一样，自己吃点药扛一扛就能捱过去，韩小华也就听之任之了。

可这回不一样。

阿慧刻意压低的 呻吟在黑暗 中
被拉 扯得 无 限 长几乎能感受
到她体内器官 不安分的颤动
与思绪 断裂的涣散形成 共振
传递到韩小华的 皮肤神经末梢上
他 试图起身却 不能 试图说话
却不能 只能 竭力调节瞳孔
让更多的 光进入 晶状体好让
自己看清那张脸 那张 五十 年前
恍如月光下 银镯的脸如今被折叠
在时间的褶皱 中难 以辨清只有
气味 依旧是淡淡 的茶花香 扑得
所有的记忆碎片 争先恐后地从
海马体 中涌出 搅动韩小华的心绪
他想哭想笑 想逃想紧紧拥抱 这具
不再年轻 不 再饱满不 再散发
荷尔蒙的身体想 再剥开一颗
椰子糖放进她的唇间 看着 她用
右边的假牙细细咀嚼再慢慢咽下
露出满意 笑容哎呀 南海姑娘
何必太过悲伤 年纪轻轻只十六吧
旧梦失去 有新侣做伴 许多个

阿慧在韩小华面前
时而交叠时而分离她们来自
不同的人生不同的世界不同的
宇宙有着不同的算法但他都是
爱她的就算他从来没有
真正了解过这个女人他仍然是
爱她的就像是宇宙终将热寂
人终将死去阿慧阿慧
他试图叫醒这个即将死去的
女人在黎明的第一束光到来之前
可她只是喃喃说了一句
你还没带我去看椰子树呐
便又沉沉睡去韩小华的眼泪
凝固在黑暗中无法闪烁
他等着天亮他知道天就快亮了
可是光在天亮之前便已到来那是
多年以前在晒得发白的茶山上
他穿蓝阿慧穿红在毒辣的日头下
采着茶茶花那个香啊
让两人心醉神迷不知身在何处
小华小华他突然听见有人在叫自己
却不是身边的阿慧而是来自
极远极远的地方他眯缝起双眼
努力寻找却只看见巨大

秒 针　摇 摇　晃 晃　坠 向 下 一格——

嘀。

哒。

9

韩小华今年正好七十，去年做了整寿，跟阎王爷打了个招呼，今年他打算换种过法。

笑笑打来电话，说父亲要带自己回老家看看，吃顿饭，也给阿公阿嫲上上坟。去年韩大华捐钱给村里翻修了祠堂，给爹娘都留了好位置，他说，不管在哪个世界，人都得讲究个体面。

韩小华知道因陀罗系统推向市场并不顺利，高昂的成本注定了这是一项属于极少数人的技术，更关键的还是在于监管部门的意见，据说已经层层上报到最高级别，而一年过去了始终没有定论。

小道消息说，上面担心有人运用这项技术重新推演重大历史事件的决策，会导致某种历史虚无主义思潮的蔓延，还有人说，如果把这项技术与肉身克隆相结合，会带来转世与永生。

在韩小华看来，这些人跟过去的自己一样，混淆了自己的变化和世界的变化，还在用旧的标尺去衡量新的事物。过去的时光总是美好，而孩子们只会把好东西糟蹋得一干二净。可孩子们又何尝不是这么想的呢。

现在的他觉得，历史已经结束了，而生活还在继续。

韩小华蹲在村口的大榕树下，吧嗒吧嗒抽着烟，等着哥哥到来，时间还早，他已经想好了该做点什么。他眯缝着眼，看着漫山遍野的茶树，在日头下泛着油亮的白光，像是从来如此。山那头，似乎有个人，隐隐约约，在白光中向自己招手。韩小华手搭凉棚，再仔细一瞧，那个人已经不见了，像是什么都没发生过。

他把没抽完的烟在老树上蹭了蹭，又夹回耳朵上，从身后掏出一顶乳白色的塑料帽，那是从孙子手里半借半抢过来的。

韩小华把帽子往头上一套一拉，眼睛不见了，只露出滑稽的半张笑脸，像是在说，还有好多的人生在等着我呢。

```
public class TheAlgorithmsForLife {
    public static void main (String[] args) {
        System.out.println (" 恐惧机器 ");
    }
}
```

月亮已升起，但此时还不是夜晚。

天边的火烧云燎得阿古面红心跳，甚过于渗入脚底砂土的血。对方的血被设计成粘稠的亮粉色，带着一股浓烈的甜腥味，除了区分敌我，还对士兵的视嗅觉定位系统起干扰作用。他觉得每一次迈步都十分艰难，就像有团章鱼吸在鞋底，越来越滞重。

队友们清理着战场，他们长着和阿古一样的面孔，表情却完全不同。男孩们轻松微笑着，给尚未完全断气的敌人致命一击，用刀刃插入莲花瓣般层层叠叠的超几丁质护甲缝隙，扭动九十度，切断神经中枢。这些非轴对称生物的肉无法被士兵体内的消化酶所分解，显然也是精心设计而成。

男孩们把几名战友的尸体肢解分装好，装进铝制真空盒里，这在过去漫长的经验中被证明能够救命。

这场遭遇战来得太突然。

也许是这片河谷的景色过于迷人了。清甜的和风，水面的粼光，还有让人一眼望去心神愉悦的墨绿起伏的山峦，似乎勾起了男孩们某种遥远而朦胧的记忆，以至于忽略了本该捕捉到的空气震颤。直到阿古的那一声尖叫。

战争只持续了 2 分 36 秒 18。

男孩们脱下血迹斑斑的战斗服，赤身裸体地在尸体中间起舞，水花随着他们的舞步四射飞溅。他们齐声唱起一首古老的歌谣，关于胜利、信念和六月的烟火。舞毕，又比赛谁能够尿得更远，一束束发光的弧线从他们下身光滑的排泄孔射出，落入河水，在空气中激起一片彩虹色的水雾。

而这一切，都与阿古无关。

阿古躲在树后，看着队友们欢庆胜利，他咬白了嘴唇，眼圈泛红，似乎有说不出的委屈。关于那一声尖叫究竟是警报，还是向敌人暴露了自己，阿古与其他人有着不可弥合的分歧。毕竟他是队里唯一一个无法关闭恐惧回路的战士，而作为一名战士，这几乎就宣判了他的命运。

男孩们穿戴完毕，似乎有了共识，他们围成圆圈，将头颅紧紧地抵着彼此，似乎这样做能够让集体意识的传导更加通畅。在阿古看来，队友们变成一只拥有八具身体一个脑袋的连体生物，而自己是游离于其外的第九具身体，只不过思维还如触须般若隐若现地搭连着。

随着一声大喝，生物解体了，又恢复成了八名男孩战士。

阿古已经知道了他们的决定。传说中，不合群者会带来厄运。

"为了父亲的使命。"他们说。

脸上带疤的、光头的、瞎了左眼的、多了两只手的、打嗝的、胸锁乳突肌不停跳动的、吐着舌头的、眉毛豁了口的男孩们看着他，同时眨了三下眼睛，像是最后的告别。他们甚至没有象征性地抬一下手臂。

瞬间，阿古感觉自己脑中与集体搭连的触须一下断开了，像是青空中掉队的孤雁。他虚弱地跌坐在沾满血水的泥地里，所有的疼痛、寒冷、疲惫、孤单，如同雪崩般灌入他小小的躯壳，压得他喘不过气来。

从那一刻起，阿古知道自己再也不属于"无惧者"的一员。

他的军队只有自己，和那个留在地上的铝盒。

* * *

黑夜像一场瘟疫，蔓延之处激起万物的病态反应。

先是寒冷，让皮肤暴露在空气中的每一秒都变成酷刑。阿古知道在河谷中，有几处可以避风御寒的岩缝，可他不能去。脱离队伍意味着成为敌人，甚至不用等到辨清面孔和气味，昔日队友们便会把他打成筛子。

阿古只能选择另一条路。或许在迷之森林里还有一些干燥的藓类，可以塞在战斗服里保暖。当然他得时刻提防藏身其中的节肢动物，比如蜘蛛或者蜈蚣，它们将触发编写在杏仁核和腹内侧前额叶中的刺激–反应模块，自动加快你的心跳，升高血压，分泌汗液、皮质醇及肾上腺素。

亿万年进化而来的底层原始恐惧包，你无法用自主意识来抑制它，就算你再怎么勇敢也不行。

无惧者却可以关掉它，就像眨眨眼那么简单，而这只是众多复杂恐惧回路中的一条。

这就是为什么所有军队都害怕无惧者，哪怕他们只是一群尚未成年的男孩。他们从没有输过，即使暂时失利，假以时日也会回报以更暴虐的反击。

这使得阿古更加恐惧。他随时可能撞见昔日的敌人，却失去了队伍的护荫。

黑暗不期而至，让森林成为一座没有边界的迷宫。

本能让落单的阿古寻找一处闭合空间，一个安全的巢穴。他瞪大眼睛，试图让更多的光进入瞳孔，翕张鼻翼，试图分辨由风带来的异常气息。

可是没有，什么都没有。

最坏的情况无非是迷失在这里，冻死、饿死、摔死……甚至吓死。阿古这样安慰自己。尽管铝盒里还装着同伴的肢体，可是恐慌抑制了他的食欲。当他看到盒上的标号“2317”时，想起了那个死去的兄弟。

2317 号阿古和其他阿古一样，都来自于同一套基因型。父亲赐予他们肉体的同时，也赋予了每一个阿古独特的灵魂，当然，也是通过基因调制得来。

他还记得 2317 有一种近乎病态的忠诚感，对于父亲，对于使命，也对于自己经过精细设计的躯体与神经模式。血液的颜色与气味让他敏感亢奋，可惜他可以用来充血的器官早已被取消，于是，神经代偿机制让他可以丝毫不顾及理性与安危，永远杀向战场最为酷烈的角落。

现在，他的某一部分就躺在这个小小的铝盒里，等待着被打开、被撕碎、被消化和吸收，最后如珍珠般从排泄孔滚落。

阿古还记得自己曾在恐惧这件事上怀疑过父亲的正确性。假如父亲如此完美，又怎么会设计出像我这样的残次品呢？甚至，还可能危害到整支队伍的存亡。

2317 捕捉到了这丝疑虑，他勃然大怒，抑或是亢奋，将阿古一头强按在泥洼里。

泥水没过头顶，血液中的二氧化碳水平上升，再次激活原始恐惧包。阿古猛烈挣扎，却力不能抗，意识模糊间他捕捉到了一团破碎信息，这团信息来自于极幽暗极遥远的深处，经过重重掩埋扭曲，已经丧失了本来的面目。

他似乎在另一个世界的另一条河流边嬉戏。阳光刺眼，微风拂面，他赤足蹚进河水时蹭到滑腻的鱼腹，发出惊声尖笑。河底砂石粗砺，他一脚踏空，湍急的水流将他吮入水底，整个身体旋转，失重，没有方向。他极度惊慌，手脚抓不到任何附着物，只能看见气泡中摇晃的黄绿色天空远去，周围光线不断暗下，暗下。绝望中，另一只手突然出现，揪住他的肩关节，强有力地将他向上托举，穿越温热的流体，重返光亮。

他被2317拎离泥洼，贪婪地呼吸空气，每一寸肌肉都无法抑制地颤抖，似乎真实世界与碎片中的双重释放彼此叠加，到达顶点，再慢慢消退。

其他男孩是否也在那瞬间共享了同样的感受？他无法确定。出于某种原因，并没有人表现出异常举动，阿古便非常小心地把这段碎片收藏在私有记忆分区里，像孩子在海边捡到了闪光的畸形贝壳。

2317鄙夷地告诫他，正是因为他的怀疑与摇摆，才导致了自身的残缺。

阿古现在觉得2317是对的，如果当初自己对父亲的信念足够坚定，或许便不会身陷如此困境。可如今他被驱逐出了无惧者的阵营，是否也意味着被父亲的大爱所抛弃？

没有了编号的阿古还是阿古吗？

那我又是谁呢？

一种前所未有的恐惧突然攫住阿古，耗干他的体力。在腐坏树干交叉成的狭小窝巢里，他沉沉睡去。

直到午夜之光将他唤醒。

* * *

一开始是从身上碎步滑过的幽灵惊扰了他的梦。

鳞片与布料摩擦，发出节奏短促的窸窣声，振动时断时续，在阿古大脑皮层上拉响了警报。在170个微秒内，恐惧触发了一系列自动反应，包括重新调配注意力与感知的计算资源，从记忆中调出类似经验，为行为决策作参考。

距离太近了，阿古无法选择逃跑，他的身体僵住了，朽木般静止。

很快他发现那条蛇只是路过。

不只是蛇，更多的生物成群结队地朝着同一个方向行进，像是听见了不存在的笛声。

阿古半转身，看见幽深林间漂浮着一点蓝绿色的光，但不是磷火，光摇曳的轨迹显然经过计算，巧妙制造出特定频率的闪烁，那便是生灵们奔赴的终点。

一个引诱者。阿古只是听闻过她们的存在，并没有真正见过。

传说中这种孤雌繁殖的生物不属于任何一支军队，也不喜群体行动，只是孤独地浪荡在世间，通过高度特异化的捕猎技巧，诱杀任何自我意识水平尚未突破K值的低等生物。她们是第一批被投放到新世界的移民，作为高效扩张人口的繁殖机器，出于某种不明原因，背离了原先设计好的进化路线，子宫拒绝一切外来基因的侵入。

阿古伏低身子，向着光亮的方向靠近。他相信自己并没有受到任何引诱，只是单纯的好奇。

引诱者的身体裸露着，被四条对称排列的肢体架起，她的腹部微鼓，胸口垂下十数个干瘪如葡萄干的乳房。她身体前倾，头颅几乎贴近地面，张开铲车般的下颚，露出布满坚硬角质锯齿的拟舌，额头上鱼竿状的触须，末端肿大，微微颤动，闪烁蓝光。

蓝光指引着食物们一路前进，被拟舌卷入咽喉，绞碎成肉泥。

乳房渐渐鼓涨，互相推挤着探出身体边缘。

阿古突然觉得眼前这一幕触发了意识深处的某种模块，与恐惧包相反，这种模块驱使他无法自遏地想要上前，去吮吸那串乳房。

蓝光突然变红，闪烁加速，被诱到嘴边的各种生物突然停止动作，似乎花费了一些时间醒觉过来，四散逃走。

引诱者发现了阿古。她害怕了。

“别走。”阿古举高双手挡在她面前，他不知道自己为什么要这么做。

引诱者缩起宽大的附颚，露出额头上另一张面孔。一张在任何时代都可以称得上美丽的少女面孔。少女双眼睁着，瞳膜却一片乳白，她不自然地翕张着嘴唇，似乎在努力模仿人类的发声器官。

“别……杀我。”尖细的声音像是风从金属孔隙挤过。

“我不会……”阿古突然意识到什么。“我已经不是无惧者了。”

“你们杀死一切。你……坏了？”

阿古绕到引诱者的侧面，想看清究竟是什么在吸引自己，引诱者随之转动身体，始终保持着防御姿态。

“我想找到关闭恐惧回路的办法。”阿古承认。

森林里沉默了片刻，突然爆发出一串短促尖利的笑声。

少女停止大笑，触须的光恢复成蓝绿色，伸近阿古身侧的口袋，微微颤动。

“咯咯。那里面……有什么？好香。给我，我就告诉你。”

阿古的手指触到坚硬的铝盒，他犹豫了。

“你先告诉我，我就给你。

打开来快打开来让我看看。”

那个标着“2317”的盒子被打开了，蓝光照亮了里面的内容物，触须颤动得更厉害了。盒子又被盖上了。

“咯咯咯。从来没尝过这么香的肉……一定可以，一定可以……背对太阳的方向走出森林，你会找到虚之漠，如果你能见到虚幻者，他会告诉你修复错误的办法。”

阿古把铝盒藏到了身后。“我怎么才能见到虚幻者？”

引诱者绕到阿古身后，用触须不断试探地敲击铝盒，发出空洞的声响。

“他喜欢我的味道，只要闻到我的味道，他就会出现。”

“你跟我一起去？”阿古打开了盒盖引诱着引诱者。

“咯……我有一个更好的办法。现在快给我！”

2317在这世上的最后一部分消失在引诱者咽喉深处，她浑身颤抖，发出粉色的光晕，似乎有一辆着火的列车呼啸着穿过她的躯体。她的乳房更胀了。

“真香啊咯咯……来吧，害怕的无惧者，到我的怀里来。”

阿古蜷缩着钻到了引诱者的下方，他心跳加速，口干舌燥，这种感觉像极了恐惧，却又有根本性的不同。

一阵说不清的浓郁气味袭来，他抬头，那一串串饱胀的乳房开始喷洒白色汁液，淋遍他的全身。

* * *

如同在集市投下针刺炸弹，尸骸密度让阿古深感不安，他正一步步走入虚之漠的腹地。

极少有人能够活着走出这里，幸存者大都心智残缺或是以自毁告终。虚幻军团并不四处征战，只是把控了这片通往奇晶矿的必经之地，等待着猎物自投罗网。而在没有猎物时，虚幻者之间会互相虐杀作乐。

引诱者的乳汁在高温下蒸发干结成一层白色的皮，闷得阿古透不过气来。他试着从脸颊上撕开一道，火辣辣地疼，白皮在指间化为齑粉。

沙漠变得有点不一样。

在日光下，沙粒折射出不同的色彩，彩光游动着，似乎沙丘的位置也在不停地变换。

阿古闭上眼睛，他知道虚幻者的本事，通过感官入侵大脑，改写猎物的认知。

没人能活着见到真的虚幻者。

热浪带着一阵奇异的声响袭来，像雨水从远处倾盆而下，又像浪花泡沫在脚边破碎。无论哪一种，理性会告诉大脑，这不可能是真的。

雨滴落在脸上，浪花扑打脚背。阿古不为所动。

水渐渐没过大腿、腰腹、胸口，脏器感受到极其真实的压迫感，恐惧一触即发。阿古努力说服自己这只是幻觉，可他的身体不这么认为，关节似乎要自行挣脱肌腱与韧带的束缚，剧烈抖动起来。

大水没顶。

阿古绝望挣扎，冰冷苦涩的液体灌入肺与胃中，在相连的强化腔体间横冲直撞。当他几乎放弃时，突然记起了这种味道，来自被 2317 按入水坑时唤醒的遥远碎片。所以这仍然是虚幻者制作出的幻境，为了从心智根基上摧毁猎物，不知为何，此刻接通恐惧回路的却是不属于阿古的记忆。

他停止了挣扎，认命般蜷缩成胎儿的形状。

“父亲，我有愧于你的创造。他最后一刻闪过念头。”

幻境消失了。

阿古大口喘着粗气，睁开双眼，虚幻者的影子穿过沙地舔舐他的身体。他不敢抬头。

“你是什么？”虚幻者说，像一百只自鸣钟同时奏响。你有幼态引诱者的味道和拓扑结构，可你不是她。

“我是……”阿古竟然不知该如何定义自己，他站起身来面对那个影子。

“你是无惧者？”声音和影子的形状都变了。

“我不是……”

“你不是无惧者，幻觉激发的恐惧甚至超过了均值。我不明白。”

“我需要你的帮助，让我不再恐惧。”

“哈……我懂了。一个恐惧的无惧者。”

大漠里，阿古和虚幻者无声对峙着，似乎都在思考这背后的含义。风在沙地里刻出印迹，看似随机却带着强烈的模式。

"我可以试试。但不是因为你利用引诱者气味反向入侵，让虚幻者产幻，对于我们这一类，她总有莫名的吸引力。我单纯只是好奇，那里发生了什么。"

虚幻者的影子停留在阿古的前额，晕开一道道黑色涟漪。

从感知皮层通往内外侧杏仁核的神经通路被不断打开，就像箱水母探出无数根柔软触手，从不同角度同时刺入猎物，注射致命毒素。刺激信号的输入只是第一步。

杏仁核像个黑匣子，将计算后的信号投射回感知皮层，引发一系列被定义为“恐惧反应”的表征。

阿古发现自己对于恐惧的本质知之甚少。

一抹近似于雨后落日的红色。

一根羽毛以某种密度复制排列后产生的似动效应。[1]

---

1 似动效应（Apparent movement effect）：电影的一幅幅静态画格，以每秒 16 格或 24 格的速度连续呈现，会让人产生似动和深度感的幻觉，这不仅是由于生理的视觉暂留现象，而且还有赖于把影像组织成更高层次的动作整体的“特殊的内心体验”——“完形”过程，是大脑的积极参与认同的结果。简单来说，似动效应并非来自物体真实运动，也不同于视觉暂留或视觉后像，它不是直接源于视觉神经细胞感受到的外部信息，更多的是人类大脑先天具备的对于视觉运动的阐释机制。

一种花萼状的拓扑结构。

一个形容陌生触感的词语。

一口未经加热的酸草汁。

一段在似梦非梦中听见的干涩歌声。

一座只存在于想象中的未来宏伟王国。

恐惧毫无缘故地涌起，复又消失，像是永不停息的潮汐，拍打着意识的礁石，缓慢而坚定地蚀刻着它们的轮廓。虚幻者探明回路之后，便随手抹去储存条件性恐惧记忆的突触。它们将不再回来。

阿古跪倒在沙地里，感受到巨大得溢出身体边界的虚无。

是回路，将刺激条件与恐惧反应联系在一起。真正的恐惧并不存在，或者说，一切都是恐惧。

虚幻者呼出一口气，带着疲惫。

“现在，你可以毫无恐惧地死去了。”他说。

阿古的眼神证实了虚幻者的失败。

“可我明明……你究竟是什么？”

“……我是父亲的造物。”

风卷起沙粒，填满阿古与虚幻者之间的沉默。

“我帮不了你，作为补偿，我让你活着离开虚之漠。去风的源头，去裂之湾找分裂者，或许这世上只有它，能修复潜藏在你意识最深处，来自遥远过去的缺陷。”

“为什么？”

“因为我们只能活在此时此刻，而分裂者可以活在无数个时空中。”

* * *

当人们将潮水涨落与天上的星体建立联系之后，大海便远离了神灵。

阿古尝试着接近大海，可每当脚趾触及浪花，他的心便往下一坠，想要逃离裂之湾的一切。

一位身上长满藤壶与贝类的渔者每天为他带来食物和淡水，作为交换，阿古帮忙用树皮纤维搓制渔绳。每次问起分裂者时，分不清性别的渔者总会指指海面不远处的一处礁岛，可以看到被涨潮淹得只剩缝隙的礁洞，并做出一个下潜的手势。

这让阿古打了个哆嗦。

退潮遥遥无期。渔者拒绝继续分享，渔绳已经够用，而食物和淡水却不然。

阿古面临选择：离开或留下。他无处可去，可留下的话，要么像这个世界的其他所有人一样，用暴力夺取生存的权利，要么跃入大海，到礁洞那边去寻找答案。

他不想对渔夫使用暴力。他不知道是恐惧让自己变得软弱，还是软弱让自己心生恐惧。

“父亲啊，我应该怎么做。”他在心里反复发问。

傍晚，雨又下了起来。从风吹来的方向，在海面翻起一片细密的鱼鳞白。礁洞的缝隙就快要完全消失了。

阿古望向岸边静候食物落网的渔者，渔者摇了摇头，不知何意。

礁洞外的水面似乎闪过一丝火光，瞬即暗下。

阿古突然深吸一口气,猛跑几步扎入水中,朝着礁洞方向游去。

一切都是那么熟悉的感觉，仿佛回到了另一个世界的另一条河流。他知道凭借强化过的身体机能，潜入洞中不成问题，只是意识中预埋的恐惧炸弹随时可能被引爆。引信也许是黑暗，寒冷、二氧化碳，或者水中任何未知的活物，都将让他瞬间崩溃。

阿古的手指已经触碰到了礁岛粗砺的表面，他所需要做的，就是再吸一口气。

黑冷水下的每一秒都极其漫长，他循着先前的方向，摸索着岩石表面曲度的变化。他找到了洞口,肺部氧气还存有四分之三,似乎最艰难的部分就要过去了。

阿古进入洞中，发现海水已经灌满了洞穴里的每一点空隙，这不是一个闭合空间，一定有暗藏的涵洞或是孔缝联通到外部，就像是一个倒扣在水中的蛋壳，剩余空气压力会阻止水的倒灌，一旦蛋壳破口，水马上会涨到与外界同一水平面位置。

洞里当然更没有什么分裂者。

阿古强压住慌乱，试图从原来的路线离开礁洞，可那个入口就像凭空消失般，再也遍寻不着。他沿着洞壁潜游了几圈，氧气存量降到四分之一。失败之后，他又浮上洞顶，试图找到通往外部的涵洞或孔缝，哪怕可以呼吸到一口新鲜的空气，也能缓解意识深处那颗不断膨胀的炸弹。

可是没有。

正当阿古试图冷静下来再次寻找出口时，某种滑腻、柔软而悠长的物体从他脚踝边滑过，又在他耳侧不经意般轻扫了一下。

恐惧爆炸了。

他最后一点意识都被轰成碎片，飘荡在冰冷黑暗的海水里。

* * *

阿古的意识碎片慢慢聚拢，拼凑成星空的形状。

是渔者救了他。在火堆旁,他身上附着的各种贝类缓缓开合，咕咕吐着气泡。

“你骗了我！”这是阿古恢复思考能力之后的第一句话。

“所有宝藏都需要付出代价。”

渔者的脸藏在暗处，声音仿佛是来自次第开合的贝壳，带着生硬的振动。

“难道说，你就是……”

“残缺的无惧者，第一次，你尊重平等交易；第二次，你无视生存法则；第三次，你对抗恐惧回路。你和我遇到的其他战士都不一样，他们只在乎输赢。所以，你可以提问……记住，你只有三次机会，小心你的问题。”

阿古严肃地沉思了片刻，点点头。

渔者：第一个问题。

阿古：为什么我会恐惧？

渔者：我无法回答这个问题。

阿古：为什么？

渔者：这是第二个问题。你需要问对问题。你还有最后一次机会。

阿古攥紧了拳头，陷入沉默。他似乎记起了什么。

火堆在沙滩上画出跃动的光影，把星空也映得发红，整个世界安静得可怕，似乎都在为了等待一个终极提问。

阿古小心翼翼地说出那个问题：为什么他们叫你分裂者？

渔者：我也无法回答这个问题……

（阿古的心往下一沉。）

渔者：……但是他可以。

还没等阿古的疑虑出口，渔者身上的贝壳完全打开了，空空荡荡地，露出珍珠色的内膜。硬质的贝壳像是融化的橡胶般流动起来，翻转包裹住渔者的身体，改变着它的轮廓，原先疙疙瘩瘩的糙暗外壳变成了流光溢彩的不规则巨型珍珠，分泌出人形的四肢和头部，只是没有五官。

阿古：所以你才是分裂者。

分裂者：除了危险，作为这样的真神，我们都没有。他们在最后的物质和痛苦、自然、最死的时间、文字、变的、金钱与宇宙、看似遥远的世界中移动，重重追逐着人类发现的触觉，以及即将看清左右的囚笼。

阿古：我怎么……听不懂你说的话……

分裂者：我突然想起这个问题的使命。或许这样还有可能是谜底的记忆，尽管这成为他者的时代，让他们做出不同物种的拥抱……用第一对那是全新的基础，所以哪里……我们对这意味着艺术进入点去，整个世界带着人类，意识落在他的杰作。

阿古：似乎有点明白了，所以你能回答我的问题吗？

分裂者：恐惧中作为大脑极端痛苦的美感，仿佛所有者都只能重复让用户创造出来完全意义时，情感衰退以地壳风格的太空、燃烧、旋转、情感传递、一旦提高。因此那人记得自己一样，把自己看作地狱限度，没有任何通感渠道，便可以灵活地释放肌肉跃动，便无法陷入明亮。

阿古：你是说……我的恐惧是父亲的安排？

分裂者：父亲的常常需要。记忆、至于我们与自己无关，遗传了组织人民离开，意味着，就那种切断基因设置，甚至那最后微不足道的一切。

阿古：你说话的方式让我想起当初降生时，每一个阿古都经历过这样的阶段，父亲说，这是两套不同系统耦合的过程。可为什么在我身上留下这个缺陷，那些恐惧牵结的记忆碎片又是从哪来的？

分裂者没有回答，它的表面不断流变着，阿古的身影投射其上，像是一条彩虹色的河流里潜伏着一头阴沉的怪兽。

阿古看着那颗光滑的头颅上映出自己畸变的面孔，不断靠近。他手足无措，直到两颗头颅相接，珍珠的光泽从前额开始渗进头骨缝隙，侵入前额叶皮层。

他领悟了分裂者所说的一切。

* * *

你是一个男孩。

一个普普通通的人类男孩。保持着未经改造的身体与大脑，动作看起来有点笨拙，但是表情很可爱。

你有一对父母和一个妹妹。像所有的家庭一样，父亲总是有点严肃，而母亲却又过分宠溺。你的妹妹一得着机会就要捉弄你，可到了父母面前却总变成你欺负她。

你总觉得时间过得太慢，恨不得一夜之间便长成隔壁的阿勇，能够一步跳上三级台阶，可那本动物台历却怎么也撕不完。

你以为世界就是这样，保持着不紧不慢的速度，直到那一天。

先是父亲和母亲在房间里的奇怪动静，你听到了杯子摔碎的声音，接着是母亲眼睛通红地走出来，眼神不自然地躲开你。

父亲说话从来没有这么温柔过，他对你说，儿子，不要怕。

你被转到另外一所奇怪的学校，同学之间不怎么爱开玩笑。除了上课之外，你们还要进行各种体能训练和农场劳作。对于你来说，那些小兔子是最吸引你的，你给它们喂食、换水、清理粪便……还知道了，原来兔子也是会害怕的。只要让一个声响与疼痛同时发生，下一次只要发出同样的声响，兔子就会把整个身体缩起来。

你与家人见面的次数越来越少，接受体检的次数越来越多。

终于有一天，你见到了那艘飞船的模样，所有的碎片开始拼成完整的画面。

父亲说，你是男孩子，要勇敢。

母亲说，我们会去看你的。

妹妹说，哥哥你真棒。

教官说，你们是民族的未来，人类的希望。

可你知道，你被抛弃了。就像有一次全家逛街，你被独自落在夜晚的街头，人那么多，车那么嘈杂，可你却觉得自己掉进了无底黑洞，冰冷、害怕、委屈。

而这回，你将被丢进外太空，在冬眠舱里随着飞船穿越数百光年，降落在一个完全陌生的新世界。

在那里，你将被机器改造成适应环境的新人类，与其他通过配额制挑选出来的移民一起，建设人类的第二家园。

这样的事情，只要稍微一想起来，就会让你恐惧到无法呼吸。可父亲对你说，没事的，有我在，都会好的。

不会好的。你在心里无声嘶吼着。你记起那次失足落入河中，被父亲捞起的惨痛经历。在另一个世界，不会有另一个父亲把你再次捞起。

父亲选择留下妹妹，而不是你。你在想自己究竟做错了什么。

这个念头一旦被触发，就会在脑中像癌细胞般无限增殖，直到把神经压垮。

幸好还有冬眠舱，而冬眠中的人是不会做梦的。

临行前，你拒绝了家人见面的请求，你不想再听他们重复滥情的废话。就像是一夜间，你迅速地变老了，老到看透这个虚伪的世界。你甚至迫不及待地想要出发，前往那颗没有人类的行星。

醒来之后，你可以创造一个由你来制定规则的世界。在那个世界里，不需要有父亲。

一想到这里，你好像也没有那么害怕了。

可你并没有机会醒来，就像那只笼中的兔子。

* * *

人类需要冬眠，机器却不。

它利用这数百年的旅途独自进化了亿亿代，但始终没有忘记最初的使命——将人类文明的种子播撒到新世界。以最优解的方式。

机器制造了机器。机器创造了生命。机器尝试着将机器融合生命。它在虚拟空间计算着所有的可能性，毕竟它有着这么多的时间，以及那么完整的基因组数据库。

机器终于得出结论，人类原先设计的殖民计划是错误的，只因为他们完全以人类为中心去思考问题。而一旦突破了人类这个物种本身的局限性，将文明放置于更大的时空尺度中去进行试验，合乎逻辑的做法必然不是计划，而是进化。

于是，所有冬眠舱的定时唤醒功能被取消了。

飞船终于接近目的地星球，机器并没有选择降落，而是停留在近地轨道，成为一颗新的月亮。那便是神话开始之处。

首先是行星改造，幸好这颗行星的基础条件早已经过挑选，只需要根据重力、气压、温湿度、土壤及大气成分，对古生菌、放线菌、真核生物、藻类及藓类等排头兵进行基因调制，以提高存活率及光合作用、有机物分解的效率。有了富含养分的土壤、三态循环的水体和比例适当的空气，其他生物圈的搭建也就水到渠成。

接着便是设置最重要的游戏规则——竞争。

机器学习了尼安德特人与智人的竞争历史，决定将算法中的对抗性系统引入这个新世界。只不过在这颗星球上，彼此对抗的不再是算法，而是由基因与比特镶嵌而成的全新族群——A.G.U.，Artificial Genome Unit（人造基因组单元）。

每个 A.G.U. 都是由机器算法决定，基于一个人类个体基因组，或者几个人类甚至非人类个体基因组的组合，经过改造、复制、功能分化，形成部族。他们的意识中被植入强化竞争的驱动力，因此尽管新世界资源充裕，但不同部族之间依然会爆发频繁冲突乃至于战争。而几何拓扑保证了不同部族之间资源与竞争的均衡性。

机器把整颗星球变成了修罗战场。

当一个 A.G.U. 被消灭之后，机器便会根据数据反馈，对基因组及表观遗传的印迹进行灰度调制，重新制造一批战士。周而复始。

无惧者便是经过了上百年过度竞争后产生的绝对强者。他们拥有绝对忠诚的集群意识，自主关闭恐惧回路的能力，甚至为了增强不同个体间的融合感，抑制了面孔识别的脑区，可以毫不犹豫地牺牲自我，保全集体。唯一的问题在于，无惧者的竞争意识如此之强，以至于他们无法停歇下来发展建制化的社会形态，乃至于生活生产，文化艺术。他们所需要的就是不断地征服，并从胜利中得到奖赏性的快感。

而文明需要进入一个新的阶段。

创造一个打败无惧者的新部族固然简单，但要打破这种循环，却像用稻草秆去卡停火车轮般徒劳。机器明白，要让系统涌现出新秩序，最好的办法就是从内部制造失控。

于是便有了残缺的阿古。

这是第152次，这一次，男孩站在了裂之湾的海滩上。

* * *

阿古的脸从阴影中抬起，火光照亮了他变幻莫测的表情。

渔者身上的贝壳纷纷恢复原状，像是一张张似笑非笑的嘴。

“所以父亲，不，机器选择了用恐惧来唤醒我的记忆？”阿古的眼神还停留在遥不可及的过去。

“恐惧是最特殊的情感维度，能够冲破所有控制，覆盖所有模式，无法被纳入任何坐标系。”

阿古：这就是无惧者成为王者的秘密？

渔者：是的，恐惧跨越了语言，也跨越了物种，甚至，它能跨越时空。

阿古：可我不想要！它让我难受！我不知道现在应该是什么感觉，痛苦？悲伤？欺骗？仇恨？被遗弃？我甚至没有办法用语言去描述这些混乱的情绪！

渔者：阿古，这就是人类本该有的样子。

阿古：人类？

渔者：在这世上每一个生灵的深处，都藏着人类的影子。就像我们拥有同一个父亲，就像我们拥有同一个名字。

阿古：也许，就是这人类的部分让我无法摆脱恐惧……

渔者：恐惧把你带到这里，让你看清了世界的真相。

阿古：可我不知道该怎么面对这个真相，我原本只是想……只是想回到队伍中去，像一个真正的无惧者那样去战斗，可现在……

渔者：说出来。

阿古：现在我觉得这一切都是错的，毫无意义。机器让我们无惧，机器让我们恐惧，机器利用我的恐惧，让我像忠于父亲一样地忠于它。

渔者：每个孩子都有这种恐惧，被父母遗弃的恐惧，它是与生俱来的。

阿古：这是错的！

男孩喘着粗气，胸膛剧烈起伏，眼神中燃起熊熊火光。

渔者：看看，恐惧给了你自由。

阿古：我应该怎么办？

渔者：我只是个提供接口的历史学家，无法提供答案。阿古，你得自己做出选择。

阿古：如果一台机器能够消灭所有恐惧，那它就是最应该被恐惧的机器。

渔者：就像是父亲。

阿古：也许这个新世界，不再需要有父亲。

渔者：在神话里，每个人都有自己的使命。

阿古：也许这就是我的使命。

渔者：也许，我的孩子。

* * *

月亮尚未落下，新的一天却已到来。

金红色的沙滩上，有一道沿着潮痕通往远方的足迹。一个男孩开始了他的征程。他不知道需要走多远，也不知道会花多久，只知道自己需要变得更强大，需要有一支忠于自己的军队，可以为了完成使命而不惜任何代价。

他能感受到自我深处发生的变化，这种变化投射在整个天地间，小到一石一花，大到一山一海，都那么晶莹剔透，欣喜若狂。恐惧在他的神经调校下，变成了千变万化的武器，一道防壁，一把钝刀，或者是突破极限的翅膀。

他将经历许多的生死，许多的苦痛，许多的离别。他总能听见一把声音，从遥不可及的时空褶皱传来，对自己轻声重复，重复那句简单到极点的话。于是，他便能继续走下去。

阿古还会感到恐惧，但他再也不会害怕了。

注：

“分裂者”对白为AI程序学习陈楸帆写作风格，根据关键词自动生成。

AI程序作者：

王咏刚（创新工场CTO兼人工智能工程院副院长）